SANDRA BROWN

Gefährliche Sünden

Die Autorin

Sandra Brown arbeitete mit großem Erfolg als Schauspielerin und TV-Journalistin, bevor sie mit ihrem Roman »Trügerischer Spiegel« auf Anhieb einen großen Erfolg landete. Inzwischen ist sie eine der erfolgreichsten internationalen Autorinnen, die mit jedem ihrer Bücher die Spitzenplätze der »New-York-Times«-Bestsellerliste erreicht. Ihren großen Durchbruch als Thrillerautorin feierte Sandra Brown mit dem Roman »Die Zeugin«, der auch in Deutschland auf die Bestsellerlisten kletterte – ein Erfolg, den sie mit jedem neuen Roman noch einmal übertreffen konnte. Sandra Brown lebt mit ihrer Familie abwechselnd in Texas und South Carolina.

Sandra Brown

Gefährliche Sünden

Roman

Aus dem Amerikanischen von Uta Hege

blanvalet

Die Originalausgabe erschien unter dem Titel
» Not Even for Love« bei Warner Books, New York.

FSC
www.fsc.org
MIX
Papier aus verantwortungsvollen Quellen
FSC® C014496

Verlagsgruppe Random House FSC® N001967

1. Auflage
Taschenbuchausgabe 2020 bei Blanvalet,
einem Unternehmen der Verlagsgruppe Random House GmbH,
Neumarkter Straße 28, 81673 München

Umschlaggestaltung: © Johannes Wiebel | punchdesign,
unter Verwendung von Motiven von Shutterstock.com
(Grischa Georgiew; AN NGUYEN)
JB Herstellung: wag
Satz: Buch-Werkstatt GmbH, Bad Aibling
Druck und Bindung: GGP Media GmbH, Pößneck
Printed in Germany
ISBN 978-3-7341-0844-0

www.blanvalet.de

Liebe Leserin,

bevor ich anfing, Thriller zu schreiben, habe ich jahrelang Romanzen verfasst. *Gefährliche Sünden* wurde zum ersten Mal vor ungefähr zwanzig Jahren veröffentlicht.

Die Geschichte spiegelt die damals modernen Trends und Einstellungen wider, das Thema aber hat allzeit universelle Gültigkeit. Wie in allen Romanzen geht es auch in diesem Werk um zwei Menschen, deren Liebe unter einem schlechten Stern zu stehen scheint. Es gibt Augenblicke der Leidenschaft, des Schmerzes und der Zärtlichkeit – sie alle gehören dazu, wenn man sich in jemanden verliebt.

Das Schreiben von Romanzen hat mir großen Spaß gemacht. Sie haben eine optimistische Ausrichtung und einen ganz eigenen Charme. Falls Sie zum ersten Mal ein Buch dieser Gattung lesen, wünsche ich Ihnen dabei viel Spaß.

Sandra Brown

1

Der Mann leerte das Champagnerglas mit dem zerbrechlichen Kristallstiel und stellte es auf das silberne Tablett, das ein vorbeilaufender Kellner in die Höhe hielt. Der mit einem Frack bekleidete Ober blieb kurz stehen, während sich der Mann ein neues Glas voll Schaumwein nahm, bevor er im Gedränge der plaudernden Gästeschar verschwand.

Reeves Grant nippte an seinem frischen Glas und fragte sich, weshalb er es sich überhaupt genommen hatte. Denn im Grunde wollte er es nicht. Mit einem Mal war nichts mehr, wie es eben noch gewesen war. Selbst das erlesenste Getränk der Welt hinterließ einen metallischen Geschmack in seinem Mund. Der Blick seiner grünen Augen wanderte verächtlich über die illustre Menge von Berühmtheiten und VIPs und drückte nachsichtige Langeweile aus.

Eine alternde, aber noch immer wunderschöne französische Filmschauspielerin hatte sich bei ihrem neuesten Ehemann, einem Ölmagnaten aus Tulsa, Oklahoma, eingehakt. Der westdeutsche Abfahrtslauf-Olympiasieger machte sich an die schmollende sinnliche Prinzessin eines Mittelmeerlandes heran, doch sie ignorierte ihn. Ein New Yorker Designer und sein »Begleiter und Protegé«, beide in leuchtend pinkfarbenen Smokings, unterhielten eine Gruppe interessierter Zuhörer mit einer boshaften Geschichte von einem ehemaligen Top-Model, das zwanzig Kilo zugenommen hatte und mit der Bitte um ein Outfit, das seine Figur kaschierte, zu ihnen gekommen war.

Alles in allem waren die hier versammelten Personen reich, wichtig, berühmt. Oder zumindest eins von diesen Dingen. Oder hatten wenigstens auf irgendeine Art Schlagzeilen gemacht.

Eingeladen zu dem üppigen Empfang hatte ein Mann, der dank seiner großen, muskulösen und geschmeidigen Gestalt genau wie der unermesslich reiche Schweizer Industrielle aussah, der er war. Er hatte blondes Haar und blaue Augen und war derart attraktiv, dass ihm ein Platz auf der Liste der »weltweit schönsten Menschen« sicher war.

Doch ein Paar grüner Augen weigerte sich rundheraus, weiter auf dem Gastgeber zu ruhen, sondern wanderte zielstrebig weiter zu der Frau, die an seiner Seite stand. Sie trug ein umwerfendes weißes Kleid. Ausgerechnet *weiß!*, ging es dem Betrachter hämisch durch den Kopf.

Die letzten vierundzwanzig Stunden hatten Reeves' Erinnerung an ihre Schönheit nicht getrübt. Das Etuikleid von Dior, das eine Schulter frei ließ, war genauso elegant wie all die anderen Kleider, die man auf der Feier sah, und die opal- und diamantbesetzte Kette, die ihren schlanken Hals betonte, war nicht weniger erlesen als der Schmuck, den all die anderen Frauen trugen, nahm sich aufgrund ihrer Schlichtheit im Vergleich zu all dem anderen Geschmeide aber beinahe bescheiden aus.

Das Haar hatte sie für den förmlichen Anlass beinah etwas zu nachlässig frisiert. Anders, als er es zuletzt gesehen hatte, fiel es nicht in losen Wellen über ihre Schultern, sondern war zu einem Knoten aufgesteckt. Aber die versteckten Nadeln fanden in den dunklen, dichten, weich schimmernden Strähnen offenkundig nur mit Mühe Halt, denn einige der Locken hatten sich bereits wieder befreit. Wahrscheinlich würde schon der kleinste Anreiz – wie zum Beispiel ein sanftes Streicheln – genügen, damit sich die wunderbare Pracht über die Finger des Glücklichen ergoss.

Verdammt! Was ist bloß mit dir los?, fragte er sich selbst. Sie hatte ihn hereingelegt, doch als wäre er nicht nur ein Narr, sondern obendrein auch noch ein Masochist, sah er sie immer wieder an.

Dabei ging ihm immer wieder eine Frage durch den Kopf: Was hatte sie gestern Abend in der Buchhandlung gemacht? Oder, besser noch, was machte sie an diesem Abend *hier?* Auf diesem exklusiven Fest? Inmitten aller dieser Leute? Neben diesem Mann? Das bescheidene, über der Buchhandlung gelegene Apartment passte nicht zu diesem palastartigen Empfangssaal mit den mit Fresken verzierten, vergoldeten Decken, den marmornen Böden und den glitzernden Kronleuchtern. Sie gehörte nicht hierher. Sie gehörte in die winzig kleine Küche, in der fröhlich die

Espressokanne brummte und in der es nach frischem Kaffee roch. Er konnte sie noch, eins der weichen Kissen vor der Brust, mit angezogenen Beinen in der Sofaeckesitzen sehen … verflucht!

Ohne sein Champagnerglas zu leeren, stellte er es neben sich auf einen kleinen Tisch. Seine Nikon-Kamera hing an der dünnen Lederschnur um seinen Hals, und er rückte sie vor seiner Brust zurecht. Er war es derart gewohnt, mit einer Kamera herumzulaufen, dass sie, selbst wenn er wie jetzt einen eleganten Smoking trug, wie ein natürlicher Bestandteil seines Körpers für ihn war. Und auch die Gäste waren es derart gewohnt, fotografiert zu werden, dass ihnen die Kamera nicht weiter aufzufallen schien, als Reeves sich einen Weg durch das Gedränge bahnte und dabei das fein gemeißelte Profil der Frau betrachtete, die gerade mit einem belgischen Diplomaten sprach. Der Mann an ihrer Seite hatte ihn ihr eben vorgestellt.

Sie beugte sich zu ihrem Gegenüber vor, das deutlich kleiner war als sie, und wechselte ein paar höfliche Worte, während Reeves die Kamera vor sein geübtes Auge hob. Er verstellte das Objektiv, bis er ihr fein geschnittenes Gesicht in seiner ganzen Schärfe sah.

Der Diplomat hob beflissen ihre Hand an seine Lippen, und genau in dem Moment klickte der Verschluss. Der automatische Blitz der Kamera erschreckte sie, und sie drehte ihren Kopf in die Richtung, aus der das grelle Licht gekommen war. Abermals verstellte er das Objektiv, und ihr herrliches

Gesicht füllte den Sucher vollständig. Ihr Lächeln wirkte zögernd, scheu und etwas unsicher, als er den Auslöser betätigte.

Jetzt traf der Blitz sie direkt in die Augen, weswegen sie kurzfristig geblendet war. Ein Wald aus dunklen Wimpern schloss sich mehrmals über ihren grauen Augen, bis sie wieder richtig sah. Langsam nahm der Fotograf die Kamera von seinen grünen Augen und bedachte sie mit einem bösen, vorwurfsvollen Blick.

Ihr freundliches Lächeln wurde starr, sie riss die Augen auf, und die geheimnisvollen Ringe um die Iris herum verdunkelten sich zusehends. Sie leckte sich plötzlich ihre trocknen Lippen, und ihr Mund formte ein kleines, rundes, überraschtes O.

Denselben Ausdruck der Verwunderung und Vorsicht hatte Reeves schon letzte Nacht bei ihr gesehen. Es hatte gegossen, und das laute Donnergrollen, das die Steinmauern der alten Häuser in der Altstadt von Luzern zurückgeworfen hatten, hatte ihn fast taub gemacht, während ihm der dichte Regen auf den unbedeckten Kopf geprasselt war.

Plötzlich aber hatte das Gewitter keine Rolle mehr gespielt. Als er ihr Gesicht durch die Glastür einer kleinen Buchhandlung gesehen hatte, hatten alle seine anderen Sinne ihre Arbeit eingestellt.

»Oh!«, hatte Jordan Hadlock ausgerufen. Erschrocken hatte sie das schwere Buch an ihre Brust gedrückt, denn unter dem nächsten lauten Donnerhall hatten die Schaufenster ihres Geschäfts gebebt. Dann aber war ihr bewusst geworden, dass das Klirren nicht nur eine Folge des Gewitters war. Jemand klopfte lautstark an die Tür.

Da sie vor einem Regal auf einer Leiter stand, konnte sie die Ladentür sehen. Doch als sie vor ein paar Stunden abgeschlossen hatte, hatte sie zugleich die Jalousien zugezogen. Weshalb einzig die vom Blitz erhellte Silhouette der Person zu sehen war, die dort im Regen stand und krachend gegen die Scheibe schlug.

Der Größe und der Gestalt nach war es offenbar ein Mann. Er hatte seine Hände links und rechts von seinem Gesicht gegen das Glas gelegt und versuchte, an der Jalousie vorbei etwas zu sehen. Dabei stieß er eine Reihe lauter Flüche aus, die ein anständiger Mensch noch nicht mal hätte murmeln sollen, ehe er erneut kräftig gegen die Scheibe schlug.

Ihr Herz schlug fast genauso laut wie die geballte Faust des Fremden vor der Tür, als Jordan von der Leiter stieg und an den Körben voller Bücher und den Ständern voller Zeitungen vorbei in Richtung Eingang ging.

Ein neuerlicher Blitz enthüllte eine große, männliche Gestalt, die mit leicht gespreizten Beinen und die Hände in die Hüften gestützt vor dem Laden stand. Die Ungeduld ihres Besuchers nahm sekündlich zu. Unentschlossen wog sie die verschiedenen Möglichkeiten ab. Es wäre gefährlich, derart spät am Abend einem Mann die Tür zu öffnen, der ganz offensichtlich bereits furchtbar wütend war. Aber hätte er es darauf abgesehen, ihr etwas anzutun, hätte er wohl kaum derart vernehmlich an die Tür geklopft. Vielleicht brauchte er ja Hilfe? Vielleicht einen Arzt? Auf alle Fälle sah er recht verzweifelt aus.

Ehe sie es sich noch einmal überlegen konnte, trat sie an die Tür und zog die Jalousie ein Stück zur Seite, um hinauszusehen. Das Licht aus dem Geschäft fiel auf eine breite Brust in einem regennassen Baumwollhemd. Das Hemd war oben aufgeknöpft, und ihr neugieriger Blick wanderte über den muskulösen Hals hinauf zu dem Gesicht.

Ihre Augen wurden groß. Trotz der grimmigen, erbosten Miene sah dieses Gesicht beim besten Willen nicht bedrohlich aus. Das straffe Kinn, die lange, schmale Nase und die fragend hochgezogenen Brauen über den leuchtend grünen Augen schienen sie zu fragen: Also, wollen Sie mich weiter einfach anstarren, oder machen Sie mir vielleicht endlich auf?

Natürlich ließe sie den armen Kerl herein.

Sie ließ die Jalousie fallen, öffnete den Riegel, drehte an dem Messingknauf und zog die Ladentür auf. Zwei Taschen, die sie bisher nicht gesehen hatte, flogen durch die Öffnung, und sie machte eilig einen Schritt zur Seite, als die Taschen auf den Boden krachten und ein Schauer kalter Regentropfen ihre nackten Füße traf.

Direkt nach der braunen Leder- und der dunkelblauen Leinentasche platzte auch der Mann herein und warf die Tür hinter sich zu. Eine schneidende Bemerkung, weil sie ihn so lange hatte draußen stehen lassen, auf den Lippen, wirbelte er zornentbrannt zu ihr herum, doch als er auf sie heruntersah, bekam er keinen Ton heraus.

Für einen endlos langen Augenblick starrten sie einander einfach schweigend an. Die einzige Bewegung war die ihrer Augen, während sie einander musterten, aber bereits nach wenigen Sekunden nahm man außer dem Geräusch der Regentropfen, die von seinen Kleidern auf den Fliesenboden fielen, nur ihrer beider lauten Atemzüge wahr. Er atmete flach und schnell, da er durch das Unwetter gelaufen war, und aus ungeklärten Gründen passte Jordan ihren eigenen Atem daran an.

Dann riss sie ihren Blick als Erste los und sah hinunter auf die Pfütze, die zu Füßen ihres ungebetenen Gasts entstanden war.

»Haben Sie ein Handtuch?«, stieß er unvermittelt aus.

»Was?«, fragte sie ihn krächzend, denn aus irgendeinem Grund war sie hoffnungslos verwirrt.

»Haben Sie ein Handtuch?«, wiederholte er.

»Oh … oh ja. Ich … einen Augenblick …«

Sie flog beinahe durch den Raum, machte Licht im Treppenhaus und stolperte in den ersten Stock hinauf, als wäre der Teufel hinter ihr her. Sie schnappte sich ein Handtuch vom Ständer im Bad, merkte, dass es das Tuch war, mit dem sie sich nach ihrer Dusche abgetrocknet hatte, warf es auf den Boden, fluchte, weil sie derart dämlich war, und zerrte ein frisches Handtuch aus dem Schrank. Zur Vorsicht nahm sie gleich ein zweites Handtuch mit.

Dann stürzte sie wieder los, blieb abermals stehen, atmete tief durch und ging in langsamerem, vorsichtigem Tempo zu dem Fremden ins Geschäft zurück. Was war nur mit ihr los?

Er hatte sich nicht vom Fleck gerührt, sah sich aber neugierig in den Regalen um. Er hatte seinen Kopf ein wenig schräg gelegt, um einen Buchtitel zu lesen, und sie merkte, dass ein Rinnsal kalten Regenwassers über seinen Hals in den Kragen seines Hemdes floss.

»Ich habe gleich zwei Handtücher mitgebracht. Sie sehen so aus, als würden Sie sie brauchen«, meinte sie und hielt ihm eins der Frotteetücher hin.

Mit einem knappen »Danke« drückte er den weichen Stoff vor sein Gesicht und blieb mehrere Sekunden reglos stehen, bevor er auch sein wild zerzaustes dunkles Haar, den Hals und anschließend die feuchten Locken in der Öffnung seines Hemdes trocken rieb. Eilig lenkte Jordan ihren Blick woanders hin.

Er blickte auf die Pfütze auf dem Boden des Geschäfts. »Tut mir leid. Ich habe eine Riesensauerei gemacht.«

»Schon gut. Ich werde es nachher aufwischen. Wer …«

»Verdammt, Entschuldigung. Ich bin Reeves Grant.« Er reichte ihr die Hand, und beinahe hätte Jordan einen Satz zurück gemacht. Aus irgendeinem Grund erschien es ihr furchtbar riskant, diesen Menschen zu berühren, selbst wenn es nur ein freundschaftliches Händeschütteln war. Sie wusste nicht, warum, wusste nur, dass es gefährlich wäre, käme sie mit diesem Menschen in Kontakt.

Trotzdem überwand sie ihre unsinnige Angst und ergriff die ausgestreckte Hand. Sobald jedoch seine Finger sie berührten, zogen sich die Muskeln ihres Herzens auf dieselbe Art zusammen, und sie hielt erschreckt den Atem an. Schließlich holte sie aber instinktgesteuert genügend Luft, um zu murmeln: »Jordan Hadlock«, während sie ihm ihre kribbelnde Hand wieder entzog.

»Danke, dass Sie mich hereingelassen haben«, sagte er.

»Was machen Sie an einem solchen Abend draußen auf der Straße? Haben Sie aus irgendeinem Grund nach mir gesucht?«

Er sah sie mit einem reumütigen Lächeln an. »Nein. Ich wünschte, ich könnte behaupten, dass es so einfach war. Ich bin heute Nachmittag – oder eher am frühen Abend – hier angekommen. Ich bin zum ersten Mal in Luzern und wollte mich noch ein bisschen umsehen, bevor ich mir ein Zimmer nehme. Also habe ich das Taxi weggeschickt, bin eine Weile am See entlangspaziert, habe einen Happen gegessen und dann eine Tour durch die Altstadt gemacht. Dann kam plötzlich das Gewitter, und ich hatte keinen blassen Schimmer, wo ich war.« Er sah sie mit einem verschämten, jungenhaften Grinsen an, und sie musste lachen.

»Seien Sie nicht so streng mit sich. Man kann sich leicht verlaufen, wenn man zum ersten Mal hier in der Altstadt ist.«

»Ja, aber ich bin ein erfahrener Reisender. Ich war schon so gut wie überall und habe mich noch nie verirrt. Sie werden doch wohl niemandem verraten, dass ich heute Abend hier gestrandet bin, oder?«, flüsterte er in verschwörerischem Ton.

»Versprochen«, gab sie ebenso gedämpft zurück, bevor sie von ihm wissen wollte: »Weshalb sind Sie so oft unterwegs?«

»Ich bin Fotojournalist. Meistens freiberuflich. Aber manchmal arbeite ich auch für irgendwelche Nachrichtenagenturen, wenn bei ihnen gerade jemand fehlt.«

Sie riss die Augen auf. »Reeves Grant. Sind Sie etwa der ›R. Grant‹?«

Er nickte.

»Ich habe schon viele Ihrer Aufnahmen gesehen. Ich lese jede Menge Zeitschriften.« Lächelnd wies sie auf die Ständer hinter sich. »Ihre Arbeit muss wirklich faszinierend sein.«

Er zuckte bescheiden mit den Schultern.

»Tja, meine Miete kann ich davon zahlen. Oder könnte ich, wenn ich einen festen Wohnsitz hätte. Meistens lebe ich in Hotels«, erklärte er. »Aber wie dem auch sei, ich kann Ihnen gar nicht sagen, was für ein Gottesgeschenk Ihr Laden war. Ich bin eine geschlagene halbe Stunde durch den Regen gelaufen, bis ich plötzlich die Lichter sah. Ich konnte es kaum glauben, als ich das Schild über dem Eingang sah. Ein englisches Zeitschriftengeschäft! Ein Licht in der Dunkelheit, ein Leuchtturm inmitten des

Sturms«, stieß er dramatisch aus, und Jordan lachte abermals.

»So beeindruckend ist dieser Laden sicher nicht«, klärte sie ihn lächelnd auf. »Doch es freut mich, dass er Ihnen gelegen kam.«

»Haben Sie ein Telefon? Und können Sie mir ein Hotel empfehlen, bevor ich Ihren Boden völlig ruiniere?«

»Ja und ja.« Sie trat vor den Tresen mit der altmodischen Kasse und zog ein Telefon und eine zerfledderte Broschüre darunter hervor. »Was möchten Sie für ein Hotel? Die Hotels am See sind alle exzellent, falls Ihr Budget …«

»Mein Auftraggeber zahlt«, erklärte er ihr grinsend. »Suchen Sie einfach eins für mich aus.«

»Also gut.« Sie hielt den Telefonhörer ans Ohr und stieß ein lautes Stöhnen aus. »Oh nein!«

»Was ist los?«

»Das Telefon ist tot. Tut mir leid. Das kommt manchmal vor, wenn wir ein Gewitter haben …« Sie sah ihn unglücklich an.

Wieder zuckte er nur mit den Schultern. »Kein Problem. Ich werde schon ein Zimmer finden, wenn Sie mir einfach sagen, in welche Richtung ich von hier aus gehen muss.«

»Aber es regnet noch immer«, protestierte sie. »Warum bleiben Sie nicht noch ein bisschen hier?« Sie war selbst von ihren Worten überrascht, und als sie seine amüsierte Miene sah, fügte sie eilig hinzu: »Vielleicht hört das Gewitter ja bald auf.«

Er blickte aus dem Fenster in das Unwetter hinaus. Statt weniger zu werden, nahmen Blitz und Donner eher noch an Wildheit zu.

»Ich bin kein Märtyrer«, räumte er ein. »Ich werde also noch ein wenig bleiben. Halte ich Sie vielleicht von irgendeiner Arbeit ab?«

»Nein – ich habe nur ein paar Bücher in die Regale einsortiert.« Sie zeigte auf die Leiter, von der sie eben geklettert war.

»Dann werde ich Ihnen einfach dabei helfen, während ich hier bin.«

»Nein, das kann bis nachher warten. Ich ...«

»Das bin ich Ihnen schuldig«, meinte er. »Das heißt, falls Sie sich nicht an meinen nassen Kleidern stören.«

Sie störte sich daran, doch auf eine andere Art, als er wahrscheinlich dachte. Denn der feuchte dünne Stoff von seinem blauen Hemd klebte so eng an seinem Leib, dass sie die Konturen seines muskulösen Oberkörpers überdeutlich sah. Und auch seine Jeans schmiegte sich eng an seine schmalen Hüften und die langen, geschmeidigen Oberschenkel an.

»Nein«, stieß sie mit zitternder Stimme aus. »Ich bin schließlich auch nicht gerade für Besuch gekleidet.« Plötzlich wurde sie sich ihres eigenen Erscheinungsbilds bewusst. Nachdem sie den Laden geschlossen hatte, hatte sie eine Kleinigkeit gegessen, geduscht, eine bequeme Stoffhose und einen gestrickten Baumwollpulli angezogen, ihr Haar zu einem Pferdeschwanz gebunden und mit einer Schildpattklammer festgesteckt. Ihre Füße waren nackt.

Und sie hatte keinen Büstenhalter an – was ihr, als er seinen Blick an ihrer schlanken Figur hinunterwandern ließ, überdeutlich zu Bewusstsein kam. Jordan spürte deutlich, wie sich ihre Brustwarzen unter ihrem weichen pinkfarbenen Oberteil strafften, und noch während sie versuchte, sie in einen Zustand der Entspannung zurückzuversetzen, wandte sie sich eilig von ihm ab.

Warum hatte sie nicht einen ihrer praktischen Röcke oder einen ihrer geschäftsmäßigen Hosenanzüge an? Durch ihre legere Kleidung wurde diese seltsame Begegnung wesentlich intimer, als es angeraten war.

Allerdings war die Intimität so real, dass sie beinahe mit Händen greifbar war. Sie brauchte Reeves Grant nur anzusehen, damit ihr ein erwartungsvoller Schauer über den Rücken lief. Doch inwiefern erwartungsvoll? Die ganze Angelegenheit war vollkommen absurd, und sie war sich sicher, dass das Chaos einzig und allein in ihrer Einbildung bestand. *Er* merkte ganz sicher nichts davon.

Tatsächlich kniete er, als sie ihn wieder ansah, mit dem feuchten Handtuch auf dem Boden und wischte die Pfütze auf. »Bitte machen Sie sich keine Mühe«, sagte sie, während sie, die Arme voller Bücher, wieder auf die Leiter stieg.

»Ich glaube, meine Kleider sind schon etwas trockener, und wenn ich das Wasser aufwische, habe ich nicht mehr solche Schuldgefühle, weil ich einfach hier in Ihren Laden eingedrungen bin. Wohnen Sie auch hier?«, wollte er plötzlich von ihr wissen.

Die Frage überraschte sie und rief einen gewissen Argwohn in ihr wach. Dann aber fiel ihr wieder ein, dass sie die Handtücher holen gegangen war. Und aus ihrem ungezwungenen Aufzug konnte er natürlich schließen, dass über dem Laden ihr Apartment lag.

»Ja«, erwiderte sie. »Über dem Geschäft gibt es eine kleine Wohnung. Ich lebe seit drei Jahren hier.«

»Seit drei Jahren?« Er wirkte schockiert. »Sie sind Amerikanerin.«

Obwohl dies keine Frage war, antwortete sie. »Ja. Ich stamme aus dem Mittleren Westen. Vor drei Jahren wusste ich plötzlich nichts mehr mit mir anzufangen und bin nach London gegangen. Geschäftspartner meines Vaters haben mir diesen Job besorgt. Es gibt eine Reihe dieser englischen Zeitschriftenläden in Europa, hauptsächlich in kleineren Städten, in denen amerikanische und britische Zeitungen schwer zu bekommen sind. Natürlich kaufen hauptsächlich englisch sprechende Touristen bei uns ein.«

»Weshalb wussten Sie vor drei Jahren plötzlich nichts mehr mit sich anzufangen?« Natürlich sprach er sie direkt auf den Teil ihrer Geschichte an, von dem sie wünschte, er hätte ihn überhört. Am liebsten hätte sie gesagt, das ginge ihn nichts an, und sich einem anderen Thema zugewandt.

Er aber starrte aus seinen grünen Augen zu ihr auf, und ihm war deutlich anzusehen, dass er wirklich wissen wollte, was damals geschehen war. Eine seiner starken Hände, deren Finger so sensibel waren, dass sie mühelos die kleinen Knöpfe seiner Kameras bedienen konnten, hatte er dicht neben ihrem nackten Fuß auf der Leitersprosse abgelegt.

Sie riss ihren Blick von seinen Augen los, murmelte: »Weil damals mein Mann gestorben ist« und schob mit zitternden Händen Bücher in das oberste Regal. Es dauerte viel länger als normal.

»Was stellen Sie da oben hin?«, durchbrach er die Stille, die sich allmählich gefährlich in die Länge zog.

»Philosophie und Religion«, erwiderte sie. »Die momentanen Beststeller sortiere ich in Augenhöhe ein. Je pikanter das Buch, umso tiefer das Regal.« Sie sah ihn mit einem spitzbübischen Lächeln an.

»Eine gute Verkaufstaktik«, stellte er lachend fest. »Hier. Das ist alles.« Er reichte ihr die letzten Bücher an, und sie beugte sich zu ihm hinab.

Im selben Augenblick schlug ein Blitz ganz in der Nähe ihres Ladens ein, sie hörten erst ein Zischen, danach eine Explosion, und mit einem Mal gingen die Lichter aus.

»Jordan!« Sie hatte kurz das Gleichgewicht verloren, doch er streckte beide Arme nach ihr aus und hielt sie auf der Leiter fest. »Alles in Ordnung?«, fragte er sie in der vollkommenen Dunkelheit.

»Ja«, antwortete sie atemlos. Sie spürte die Wärme seiner Hände durch die dünne Wolle ihres Oberteils. Vorsichtig bahnte sie sich einen Weg über die jetzt unsichtbaren Sprossen, bis sie wieder vor ihm auf dem Boden stand. »Ich fürchte, Ihr erster Eindruck von Luzern ist nicht der Allerbeste«, stellte sie mit rauer

Stimme fest. Seine Hände lagen noch immer um ihren Körper.

»Ich würde sagen, er ist sogar wunderbar«, widersprach er nachdrücklich, wobei er seine Hände unmerklich ein Stückchen höher schob, bis er ihren Brustkorb hielt.

»Ich werde ein paar Kerzen holen«, meinte sie nervös. »Wissen Sie, der Strom fällt hier in dieser Gegend öfter einmal aus.« Sie trat eilig einen Schritt zurück. »Ich bin sofort wieder da.«

»Oh nein. Ich habe Angst im Dunkeln«, meinte er. »Deshalb komme ich lieber mit.« Er schob einen Daumen in eine der Gürtelschnallen ihrer Hose, sodass seine Faust auf ihrer Hüfte lag. »Gehen Sie einfach vor.«

Sie tastete sich zwischen Ständern und Regalen durch die Dunkelheit, wobei sie mit der Gestalt, die sich dicht hinter ihr bewegte, ein ums andere Mal zusammenstieß.

»Jetzt müssen wir rechts die Treppe rauf. Vorsicht, sie ist ziemlich schmal.«

»Ich bin direkt hinter Ihnen«, raunte er und legte auch die zweite Hand auf ihrer Hüfte ab.

Der Weg das enge Treppenhaus hinauf dauerte eine halbe Ewigkeit, denn noch nicht einmal die Blitze spendeten dort irgendwelches Licht.

»Hier sind wir«, stellte sie erleichtert fest, als sie endlich oben angekommen war. Sie hatte keine Angst vor Dunkelheit, Gewitter oder Stromausfall. Die Gefühle, die die Nähe dieses Mannes in ihr weckten, jedoch ließen sie in Panik geraten. »Warten Sie hier. Die Kerzen sind in der Küche.«

»Beeilen Sie sich«, bat er sie.

Lachend tastete sie sich bis zu der Schublade, in der sich, wie sie wusste, eine Kerze und auch eine Packung Streichhölzer befand.

Alles lag genau dort, wo es liegen sollte, doch aus irgendeinem Grund versagten ihre Hände ihren Dienst, und sie bekam einfach kein Streichholz an.

»Verdammt!«

»Was ist?«, ertönte seine Stimme direkt hinter ihr. Sie hatte ihn nicht näher kommen hören, weswegen sie zusammenzuckte und die Streichholzschachtel auf die Arbeitsplatte fallen ließ.

»Habe ich Sie erschreckt?«, erkundigte er sich besorgt.

»Und ob.«

»Das tut mir leid.«

»Schon gut. Ich kriege einfach kein Streichholz an.« Es erschien ihr unerlässlich, dass ein wenig Licht die Dunkelheit vertrieb. Sie hüllte sie einfach zu sehr in sich ein, war einfach zu dicht und zu intim. Und seine Nähe machte sie extrem nervös.

Er nahm die Schachtel in die Hand, fuhr mit einem Streichholz über ihre raue Seite, und sofort flackerte eine kleine Flamme auf.

»Danke«, murmelte sie, während sie die Kerze an die Flamme hielt. Dann sah sie zu ihm auf und stellte fest, dass er dicht vor ihr stand.

»Gern geschehen«, gab er zurück, beugte sich ein

wenig vor, und sie hielt gespannt den Atem an. Doch statt sie zu küssen, blies er lediglich das Streichholz aus, und der Rauch stieg zwischen ihnen beiden auf.

Während sie noch überlegte, ob sie eher enttäuscht oder erleichtert war, machte sie auf dem Absatz kehrt und trat durch die Tür, die die winzig kleine Küche mit dem Wohnzimmer verband.

»Hier stehen auch noch ein paar Kerzen rum«, erklärte sie, lief, die erste Kerze in der Hand, quer durch den kleinen Raum und zündete verschiedene andere Kerzen an. Bald war das gesamte Zimmer in ein warmes Licht getaucht.

»Das ist ja das reinste Lichtermeer.« Er lehnte in der Küchentür und sog den süßen Duft der Kerzen ein, der ihm entgegenschlug.

»Eigentlich habe ich sie aus Gründen der Ästhetik aufgestellt, aber wie Sie sehen, können sie ab und zu auch durchaus praktisch sein.«

Die nackten Füße dicht nebeneinandergestellt und die Hände vor dem Bauch verschränkt, blieb sie verlegen vor ihm stehen. Was nun? »Möchten Sie vielleicht einen Kaffee?«, fragte sie.

»Wir haben doch keinen Strom.«

»Ich habe einen Gasherd.«

»Super. Das klingt wirklich gut.«

Sie ging auf ihn zu und nahm eine der größeren Kerzen mitsamt ihrem Messingständer mit. Obwohl er einen Schritt zur Seite trat, berührten sie sich leicht, als sie wieder in die Küche ging.

»Fühlen Sie sich bitte nicht gezwungen, mich zu

unterhalten«, bat er sie. Jordan gab inzwischen Wasser in die kleine Kaffeekanne. »Nur habe ich keine große Lust, durch das Labyrinth an Gassen zu irren, während man dort nicht einmal die Hand vor Augen sieht.«

Sie gab das Kaffeepulver in das Sieb der Kanne und sah ihn dabei über ihre Schulter hinweg lächelnd an. »Wie könnte ich einem Landsmann, der im Ausland gestrandet ist, Trost und Hilfe verweigern? Woher kommen Sie, Reeves?« Reeves? Nicht Mr Grant?

»Ich bin in Kalifornien aufgewachsen, war an der UCLA und habe bereits während meiner Zeit am College angefangen, als Fotograf zu arbeiten.« Sie hatte den Gasherd angezündet und die Kaffeekanne darauf abgestellt. »Hören Sie, wäre es allzu unverschämt von mir, wenn ich meine Kleider wechseln würde? Meine Sachen sind noch immer ziemlich nass.«

»Ja … ich meine, nein! Bitte ziehen Sie sich um. Diese nassen Kleider müssen furchtbar ungemütlich sein.«

»Am besten gehe ich schnell runter und ziehe mich im Laden um …«

»Nein. Gehen Sie einfach ins Bad. Hier, nehmen Sie eine Kerze mit, und holen Sie Ihre Taschen rauf.«

Eilig lief sie an ihm vorbei und holte eine Kerze aus dem Wohnzimmer.

»Danke.« Er nahm ihr die Kerze ab und sprang die Treppe hinunter ins Geschäft. Er hatte eindeutig an Zuversicht gewonnen, seit er einen Augenblick zuvor hinter ihr die Treppe hinaufgestolpert war und sich dabei an ihr festgeklammert hatte, als hinge sein Leben davon ab. Einen Moment später war er bereits wieder da, und sie führte ihn durch ihr Schlafzimmer ins Bad und hoffte, dass es halbwegs vorzeigbar war. Sie wusste, dass mindestens ein feuchtes Handtuch auf dem Boden lag. Lebte man allein, war Ordnung schließlich nicht so wichtig, wie wenn man mit jemandem zusammen war.

Als der Kaffee fertig war, kam er wieder aus dem Bad. Er hatte eine trockene Jeans, ein anderes – hellgelbes – Hemd und Socken, aber keine Schuhe an.

»Der Kaffee riecht wunderbar«, erklärte er aus Richtung Tür.

»Setzen Sie sich. Ich bringe ihn rüber ins Wohnzimmer. Die Küche ist kaum groß genug für mich allein.«

Bis sie mit der Kaffeekanne, Zucker, Milch, zwei Löffeln, Tassen sowie Untertassen in das Zimmer kam, hatte er es sich bereits bequem gemacht.

Sie stellte das Tablett auf dem niedrigen, aus einer Glasplatte und zwei Keramik-Elefanten bestehenden Couchtisch ab, schenkte etwas von dem dampfenden Gebräu in eine Tasse ein und sah ihn fragend an: »Zucker oder Milch?«

»Nein. An einigen der Orte, an denen ich war, habe ich gelernt, ohne jeden Luxus auszukommen, deshalb habe ich mir angewöhnt, alles zu trinken, was es gerade gibt.« Er nahm einen vorsichtigen Schluck von dem kochenden Getränk. »Wenn mich nicht alle Sinne täuschen, ist das amerikanischer Kaffee.«

Sie lachte fröhlich auf. »Meine Eltern schicken mir alle paar Monate ein paar Pakete rüber.«

»Köstlich.« Er machte ein schmatzendes Geräusch.

Sie schenkte auch sich selber eine Tasse ein und nahm in der anderen Sofaecke Platz. Er hatte seine langen Beine vor sich ausgestreckt, während sie die Füße unter ihre Beine auf das Kissen zog.

»Was fehlt Ihnen sonst noch von zu Hause?«, fragte er in – beinahe allzu – beiläufigem Ton. Horchte dieser Mann sie vielleicht aus?

»Der Komfort. Die Fast-Food-Restaurants. Meine Lieblingsseifenoper«, meinte sie, und als er lachte, fügte sie hinzu: »Sonst eigentlich nicht viel. Natürlich fehlen mir auch meine Eltern, aber wenigstens haben sie mich letztes Jahr hier in der Schweiz besucht. Luzern ist eine zauberhafte Stadt, und die Schweizer sind ein intelligentes, fleißiges und liebenswürdiges Volk. Ich bin viel in Europa herumgekommen. Eines Tages würde ich gern darüber schreiben. Sie sind selbst nur selten in den Staaten, Reeves. Was vermissen Sie?«

Sicher keine Frau, ging es ihr durch den Kopf, als er mit einer Aufzählung von lauter unwichtigen Kleinigkeiten begann. An Frauen fehlte es ihm sicher nie. Das sanft flackernde Kerzenlicht verlieh seinem zerzausten Haar einen rötlich braunen Glanz. Direkt unter seinen Augen, über seinen Wangenknochen, zeichneten sich ein paar Sommersprossen ab. Im harschen Licht unten im Laden hatte sie sie nicht gesehen.

Einzeln betrachtet waren seine Züge nicht im klassischen Sinne schön. Seine Nase war etwas zu schmal. Sein Mund war fast zu breit. Das Kinn etwas zu starrsinnig gereckt. Aber seine Augen leuchteten in einem wunderbaren Grün und wiesen dichte Kränze langer, dunkler Wimpern auf. Alles in allem war er auf eine verwegene Weise attraktiv. Und seine Männlichkeit war geradezu bedrohlich – denn ihr konnte sicher keine Frau auf Dauer widerstehen.

Auf seine Garderobe legte er anscheinend keinen allzu großen Wert. Das neue Hemd war nicht mal so weit zugeknöpft wie das, das er vor wenigen Minuten ausgezogen hatte, und sie starrte wie gebannt auf die vielen dunklen Locken, die sie in dem tiefen Ausschnitt sah.

Jordan merkte, dass er nicht mehr sprach, und atmete tief ein. »Noch eine Tasse Kaffee?«, fragte sie.

»Nein, danke.«

Abermals senkte sich Stille über den Raum. Nur ein Sofakissen lag zwischen ihnen, und er starrte sie an, nahm automatisch ihre Hand, die auf ihrem Oberschenkel lag, und sie zog sie nicht zurück.

Die Kerzen warfen riesengroße Schatten auf die Wände des heimeligen Raums. Jordan hatte den eierschalenfarbenen Gips von einer Wand entfernt, und von den alten Steinen, die man jetzt an seiner Stelle sah, wurde die Behaglichkeit des Zimmers noch verstärkt. Geschmackvolle messinggerahmte Plakate, die für Konzerte, Ballettaufführungen und Kunstausstellungen warben, waren an verschiedenen Stellen aufgehängt, und die hohen, breiten Fenster waren hinter Vorhängen aus demselben goldbraunen Paisley-Stoff versteckt, mit dem auch das Sofa und die Kissen in dem braunen Clubsessel bezogen waren. Nicht der allerkleinste Teppich lenkte den Betrachter von der Schönheit des vom Alter weich glänzenden Massivholzbodens ab.

»Sie haben eine schöne Wohnung.« Bisher hatte er mit seinem Daumen über ihrem Handgelenk gekreist, jetzt aber schob er ihn in Richtung ihres Handballens und sah ihr reglos ins Gesicht.

»Danke«, sagte sie mit rauer Stimme. »Ich … habe sie selber dekoriert und auch die … Sofakissen selbst bezogen.«

»Sie sind wirklich hübsch«, antwortete er. Sein Blick jedoch fiel nicht auf ihre Couch, sondern auf ihre Brust, und sie musste mühsam schlucken, als er ihn wieder in Richtung ihrer rauchig grauen Augen wandern ließ.

Nie zuvor in seinem Leben hatten ein Paar Augen Reeves derart gebannt. Die hellgraue Farbe selbst war bereits ungewöhnlich, doch die Einzigartigkeit des Tons wurde durch die dunkelblauen Ringe um die Iris herum verstärkt. Allerdings machten die rein physikalischen Aspekte ihrer Augen sie noch nicht zu einer derartigen Rarität. Es waren das Leben und das Temperament, die von ihnen auszugehen schienen. Die blauen Bänder, die die klare graue Iris umgaben, schienen sich willkürlich auszudehnen oder zu verengen und erlaubten nur flüchtige Blicke in die Seele dieser Frau. Plötzlich aber war es unerlässlich für sein Wohlergehen, sämtlichen Geheimnissen, die diese zauberhaften Augen bargen, auf den Grund zu gehen.

Jetzt starrte er ihr in die Augen, nahm in ihren Tiefen allerdings nur sich selber wahr. Er sehnte sich danach, in diese Augen einzudringen, hinter ihre Stirn, um zu wissen, was dort vor sich ging. Er schob sich dicht an sie heran.

Jordans Herz klopfte so laut, dass sie sicher war, er könne es hören oder sehen, wie es gegen den Stoff über ihren straffen Brüsten schlug. Sein Blick war zu bezwingend, sein Körper zu warm und seine Hand zu heiß, während er sie über ihre Finger gleiten ließ.

Sie kämpfte gegen den Impuls, sich an diesen Fremden anzulehnen, und versuchte, ihre Hand zurückzuziehen. Doch so einfach gab er sie nicht frei.

Also zog sie noch mal etwas stärker, sagte: »Wenn Sie nichts mehr wollen, bringe ich die Sachen wieder weg«, stand auf und griff nach dem Tablett. Bevor sie es, da ihre Finger zitterten, beinahe fallen ließ.

»Vielleicht sollte ich noch einmal nachsehen, ob das Telefon inzwischen wieder funktioniert«, schlug er wenig begeistert vor.

Als sie allerdings wieder aus der Küche kam, legte er den Hörer wieder auf, blickte sie beinahe flehend an und stellte fest: »Die Leitung ist noch immer tot.«

Und im selben Augenblick ertönte, wie um seine Feststellung zu untermauern, abermals ein lauter Donnerschlag.

2

»Warum bleiben Sie nicht hier?«, sprach sie die Worte aus, ehe sie sich überlegen konnte, ob der Vorschlag auch nur annähernd vernünftig war. Sie wusste, diesen Satz hatte er hören wollen. Und sie dachte nicht über die Folgen seines fortgesetzten Aufenthalts in ihrer Wohnung nach. Es spielte keine Rolle, dass das Angebot mit Risiken behaftet war. Es war einfach ein Gebot der Höflichkeit, dass sie einem Landsmann, der in der Bredouille war, half.

»Ich dachte schon, Sie würden nie mehr fragen«, stellte er mit einem breiten Lächeln fest.

Damit er keine falschen Schlüsse aus dem voreiligen Vorschlag zog, fügte sie umgehend hinzu: »Sie können das Schlafzimmer haben. Ich schlafe hier draußen auf der Couch.«

»Kommt nicht in Frage«, widersprach er ihr und verbeugte sich galant. »Sie behalten auf jeden Fall Ihr Bett. Ich nehme die Couch.«

»Die ist doch viel zu kurz für Sie«, protestierte sie.

»Wenn Sie ein paar der Orte gesehen hätten, an denen ich geschlafen habe, wenn ich beruflich unterwegs war, wüssten Sie, wie super dieses Sofa auf mich wirkt.«

»Nun, wenn Sie sicher sind …«

»Ich bin sicher.«

»Okay. Sie können schon mal ins Badezimmer gehen, während ich das Sofa richte.«

»In Ordnung.« Er salutierte, griff nach einer seiner Taschen und verschwand. Doch beinahe im Handumdrehen war er wieder da, schnappte sich eine Kerze und marschierte grinsend abermals ins Bad.

Jordan zerrte eilig Extra-Bettzeug aus dem Schrank in ihrem Schlafzimmer und fing an zu lächeln, als aus dem angrenzenden Bad neben dem Plätschern von Wasser gut gelauntes Summen drang.

Eilig verwandelte sie die Couch in ein halbwegs bequemes Bett, versah das Kissen mit einem frischen Bezug, klopfte es aus und strich noch einmal die Decke glatt, als sie hörte, dass er hinter ihr das Wohnzimmer betrat.

»Zähneputzen bei Kerzenlicht ist eine unglaublich sinnliche Erfahrung«, erklärte er gedehnt.

Er war noch angezogen, doch sein Hemdkragen war dort, wo er sich gewaschen hatte, etwas feucht. Vorsichtshalber ging sie auf seine Bemerkung gar nicht ein, sondern fragte sanft: »Brauchen Sie sonst noch irgendwas?«

Er stellte seine Tasche neben seinen Füßen ab und machte drei Schritte nach vorn, bis er direkt vor ihr stand. »Nein. Ich werde Ihnen bis ans Lebensende für Ihre Gastfreundschaft dankbar sein, meine kleine amerikanische Cousine.«

Bevor sie merkte, was geschah, lagen seine Hände

fest auf ihren Schultern, er beugte sich zu ihr herab und küsste sie freundschaftlich und mit geschlossenen Lippen auf den Mund. Alles völlig harmlos, analysierte sie.

Aber als er wieder einen Schritt nach hinten hätte machen sollen, blieb er einfach stehen, ließ seine Hände liegen, wo sie waren, und strich beinahe zärtlich über die dünne Wolle ihres Oberteils. Seine Lippen schwebten wenige Millimeter über ihrem Mund. Sein Atem mischte sich mit ihrem, fand die Mischung offenkundig wunderbar und bildete eine unsichtbare Schwade, die zwischen ihren Mündern geisterte.

Da er ihre betäubte Starre offenbar als Einladung verstand, strichen seine Lippen nochmals zögernd über ihren Mund, kosteten das weiche Fleisch und verstärkten ihren Druck, bis ein echter Kuss daraus entstand. Es wäre kinderleicht, diesen Kuss zu akzeptieren, sich an seinen starken Körper anzulehnen und sich von der Hitze durchdringen zu lassen, die sein Körper ausstrahlte.

Doch die Entschiedenheit des Kusses machte Jordan Angst. Ihre völlige Verlorenheit löste eine Panik in ihr aus. Wenn sie sich ihm unterwerfen würde, wäre das die vollkommene Kapitulation, und das Risiko, dass sie dabei zu Schaden käme, war einfach zu groß. Halbherzig stieß sie ihn von sich fort, aber er akzeptierte die entmutigende Geste und trat einen Schritt zurück.

»Gute Nacht«, murmelte er, während er sie mit seinen Blicken zu durchbohren schien.

»Gute Nacht«, antwortete sie, nahm sich eine der Kerzen und zog sich eilig in ihr Schlafzimmer zurück. Sie warf die Tür ins Schloss, lehnte sich rücklings gegen das Holz und atmete so tief wie möglich ein. Als sie sich wieder halbwegs normal vorkam und auch ihr Puls wieder in dem gewohnten Tempo schlug, ging sie ins Bad.

Sie wusch sich das Gesicht, cremte es gründlich ein, putzte sich die Zähne und bürstete ihr Haar. Alle diese Dinge tat sie automatisch, während sich ihre Gedanken überschlugen und ihre Entscheidung in Frage stellten, die sie vor einem Augenblick getroffen hatte. Was konnten seine Lippen wohl alles bewirken, wenn seine Leidenschaft entfesselt war? Und durch das sanfte Streicheln ihrer Schultern hatten seine Hände höchstens angedeutet, wie groß ihr Talent zur Schärfung ihrer sämtlichen Sinne war.

Du bist verrückt!, schalt sie sich selbst, während sie die Kerze nahm und wieder in ihr Schlafzimmer hinübertrug. Er hatte nur höflich sein wollen. Mit dem Kuss hatte er seine Dankbarkeit bezeugt. Dass er sie als Freundin sah. Als Landsmännin und Kameradin, die ihm im Ausland aus der Patsche half. Mehr nicht.

Sie stellte die Kerze auf dem Nachttisch ab und schlug die gesteppte Tagesdecke und das bunte Federbett zurück. Während sie den Verschluss von ihrer Hose öffnete, öffnete sich lautlos hinter ihr die Tür.

Das Licht der Kerze auf dem Couchtisch zeigte, dass er nur eine Pyjamahose trug, die tief auf seinen schlanken Hüften saß. Er füllte den Türrahmen vollkommen an, hatte die Arme ausgestreckt und stützte sich mit beiden Händen seitlich ab.

Sie starrte ihn mit einer Mischung aus Furcht und Erregung an. Eine ihrer Hände griff nach ihrem Hals, um ihr Herz daran zu hindern, dass es ganz aus ihrem Körper sprang. Die andere legte sie in dem vergeblichen Bemühen, das beunruhigende Flattern in der Magengegend zu beruhigen, fest auf ihren Bauch. Sie fühlte sich hilflos, als wäre sie in einer Situation gefangen, aus der es kein Entkommen gab. Entkommen? Wollte sie denn überhaupt entkommen?

»Hast du vor zu schreien?«, fragte er in ruhigem Ton und trat entschlossen auf sie zu.

»Ich weiß nicht«, erwiderte sie ehrlich und schüttelte unglücklich den Kopf.

Weniger als einen Meter vor ihr blieb er stehen. Die prächtigen Proportionen seines Körpers waren nicht zu übersehen, und sie musste zugeben, dass sie bisher niemals einem Mann begegnet war, der ihre weiblichen Instinkte derart weckte wie Reeves Grant.

»Ich glaube nicht«, wisperte sie. Dann umfasste er mit seinen Händen ihr Gesicht und legte es zurück, um sie zu küssen, und sie schloss bereits die Augen, während sie erklärte: »Nein, ich werde ganz bestimmt nicht schreien.«

Dieses Mal gab es kein Zögern mehr. Er presste seine Lippen voller Leidenschaft auf ihren halb offenen Mund und ließ nicht den geringsten Raum für Gegenwehr. Er nahm sie gründlich in Besitz, und ohne zu zögern öffnete sie ihren Mund noch etwas mehr und ließ ihn gewähren.

Seine Zunge rieb sich sinnlich erst an ihrer Zunge und drang dann noch tiefer in sie ein und erforschte gründlich die Mysterien ihres Munds. Während er sie nacheinander löste, schlang er ihr die Arme um den Leib, strich ihr sanft über den Rücken, legte ihr die Hände um die Hüften und zog sie so dicht an sich heran, dass sie mit ihm verschmolz. Sein Mund bewegte sich ganz nah vor ihrem Gesicht, wich aber ihren sehnsüchtigen Lippen aus, und erst, als sie leise vor Enttäuschung stöhnte, wurde die Beharrlichkeit, mit der sie ihn verfolgt hatte, durch einen neuerlichen Kuss belohnt.

Sie schlang ihm die Arme um den Hals, und ohne voneinander abzulassen, fielen sie auf das Bett, das sie willkommen hieß, als wären sie beide dort daheim.

Er hob den Kopf und blickte sie aus fieberheißen Augen an. Dann stieß er, wie wenn er die Worte lange aufgespart hätte und die Gelegenheit, sie endlich auszusprechen, keinesfalls verstreichen lassen wollte, eilig aus: »Dein Haar ist wunderschön. So dunkel und so glänzend.« Seine Finger glitten durch die seidig weichen Strähnen, und er fügte ehrfürchtig hinzu: »Du hast einen makellosen Teint, du brauchst eindeutig kein Make-up. Und deine Augen … meine Güte, Jordan, du bist einfach wunderbar. Küss mich noch einmal. Bitte.«

Er brauchte sie nicht zu überreden. Sie vergrub die Hände in seinem rauen kastanienbraunen Haar und zog sein Gesicht zu sich herab. Begehrlich trafen ihre Münder aufeinander, beide heiß und feucht in dem Verlangen, den neu entstandenen Durst zu löschen, der offenkundig nicht zu stillen war.

Dann wandte er sich von ihrem Mund ab, küsste ihre Wange und ihr Ohr und kostete mit samtig rauer Zunge den Geschmack von ihrem Ohrläppchen. Jordans Fingerspitzen erforschten die harten, angespannten Muskeln seiner Schultern, während er mit kapriziösen Lippen über ihren Nacken strich. Dann schob er die Hand zwischen ihrer beider Körper und bedeckte ihre Brust. Mit seinem Daumen glitt er neugierig über die Kuppe, und sofort verlangte sie impertinent nach noch größerer Aufmerksamkeit.

»Reeves.« Stöhnend bog sich Jordan unter ihm. Doch plötzlich wurde ihr bewusst, was sie da tat. Sie hatte diesen Mann vor nicht mal einer Stunde zum ersten Mal gesehen. Und jetzt lag sie mit ihm im Bett und erlaubte ihm – nein, *bettelte* ihn an –, sie zu küssen und auf beispiellose Art mit ihr intim zu sein. Sie küssten sich nicht nur. Oh nein, sie liebten sich. Sie und ein ihr völlig fremder Mann! War sie wahnsinnig geworden? Sie musste das Zusammensein beenden. Jetzt sofort.

Aber seine Hände lagen bereits unter ihrem Pulli und fuhren die prallen Rundungen von ihren Brüsten nach. »Reeves, bitte … nicht«, stieß sie flehend aus. »Nein … ich kann nicht. Ich habe noch nie …«

»Ich schon, Jordan. Ich schon. Aber noch nie auf diese Art. Noch nie auf diese Art.«

Dann zog er ihr den Pullover aus, und sie lag unbekleidet unter ihm. »Mein Gott«, entfuhr es ihm, während er sie mit Blicken verschlang. Zärtlich glitten seine Hände über ihre Haut, und er verfolgte mit bewundernder Verblüffung, wie willig ihr Busen reagierte, als er mit den Fingerspitzen zärtlich über ihre Brustwarzen strich.

Da ihr seine Liebkosung und vor allem ihre Reaktion darauf unendlich peinlich waren, kniff sie die Augen zu. Er nahm ihren Busen in den Mund, kreiste warm mit seiner Zunge über ihre Brustwarze, zupfte sanft daran herum, und sie spürte tief in ihrem Inneren eine Explosion, bevor ihr Blut wie kochend heiße Lava durch die plötzlich viel zu engen Venen schoss und sie leise seinen Namen rief.

Er hob den Kopf und sah sie ängstlich an. »Habe ich dir weh getan?«

»Nein, nein.« Schluchzend umfasste sie seinen Kopf und zog ihn abermals zu sich herab.

»Jordan«, murmelte er an ihrer samtig weichen Haut. »Du bist einfach wunderbar.« Dann quälte und liebkoste er sie weiter, und sie wusste, dass sie hoffnungslos verloren war. Der Kampf war schon beendet, ehe er richtig begonnen worden war. Und er war der Sieger, weil Jordan kein echter Gegner war. Weil sie sich einfach geschlagen gab. Denn inzwischen wollte sie dieses Zusammensein genauso sehr wie er.

Als er ihre Hose öffnete und sie ihr gleichzeitig mit ihrem Slip herunterschob, widersetzte sie sich nicht. Er stand auf und zerrte eilig an dem Band seiner Pyjamahose, bis auch sie zu Boden glitt. Dann legte er sich wieder hin und zog sie eng an seine Brust.

Während sich sein Körper neben ihr bewegte, nahm sie überdeutlich all die körperlichen Unterschiede zwischen ihnen wahr. Sein behaartes, raues Bein lag schwer und beschützend über ihren Knien, das drahtige Geflecht auf seiner Brust kitzelte sie leicht am Bauch, er strich federleicht mit einem Daumen über ihre Wange und verwöhnte sie mit einem langen, tiefen Kuss.

Dann strich eine seiner Hände über ihre seidig weichen Schenkel, ehe er sie zwischen ihre Beine schob, und sie holten beide zischend Luft, als er mit den Fingerspitzen auf die weiche Öffnung traf. Sie war nachgiebig und feucht, und er stellte voller Ehrfurcht fest: »Du fühlst dich unglaublich an. Einfach unglaublich gut.«

Seine Finger wirkten wie ein Zauberstab, der einen Funkenregen der Ekstase auf sie niedergehen ließ. Fieberheiße Küsse prasselten auf ihre Brust, er liebkoste sie mit seinem ganzen Körper, und mit jedem leisen Keuchen bettelte sie, dass er die Erforschung ihres Körpers ja nicht unterbrach.

Als sie es nicht mehr ertrug, klammerte sie sich mit beiden Händen an ihm fest. Er schob sich über sie, hielt aber lange genug inne, um sie direkt zu fragen: »Jordan, gibt es einen Grund, warum ich das nicht tun sollte?«

Es gab jede Menge Gründe! Hunderte. Nein, Tausende.

Ein anderes Gesicht tauchte vor ihren Augen auf, sie aber weigerte sich standhaft, es sich anzusehen. Ihr Verlangen war so groß, dass nichts anderes mehr von Bedeutung für sie war. Reeves hatte sie gestreichelt und geküsst wie kein anderer Mann zuvor. Er hatte ihre Leidenschaft entfacht. All das sollte nicht passieren. Doch es passierte. Und sie wollte auch, dass es geschah.

Sie schüttelte den Kopf.

Er drang so tief in sie ein, dass sie mit erstickter Stimme seinen Namen schrie.

»Ja, Jordan, ja«, krächzte er an ihrem Ohr. »Das ist gut. Das ist wunderbar.«

Trotz ihrer von Leidenschaft umnebelten Gehirne nahmen sie die Richtigkeit dieser Verschmelzung wahr. Die vollkommene Harmonie, mit der sich ihre Körper paarten. Den perfekten Rhythmus, der dieser Vereinigung zugrunde lag. Sie hielten nichts zurück. Es gab keine Grenzen, keine Scheu und keine Eile mehr.

Jede einzelne Bewegung war sorgfältig kalkuliert, um den anderen zu erfreuen. Jedes langsame, provokative Streicheln diente allein dem Zweck, dass der andere glücklich war. Sie sogen sich mit der Essenz des jeweils anderen voll, bis sie den Höhepunkt erreichten, der sie zeitgleich explodieren ließ. Dann vergrub er sein Gesicht tief in ihrer Schulter, und sie hielt sich an ihm fest und genoss das herrliche Gefühl vollkommener Befriedigung, das ihr niemals zuvor in dieser Form zuteilgeworden war.

»Ich verstehe es nicht.« Sie schmiegte sich noch enger an ihn an und legte ihr Gesicht auf dem dunklen Haar auf seinem Oberkörper ab.

»Was gibt's da zu verstehen?«, fragte er sie sanft. Er zog sie an seine Seite und strich mit der Hand über ihr dichtes, weiches Haar.

»Das ist völlig untypisch für mich. Ich habe ... außer mit meinem Mann habe ich bisher mit niemandem geschlafen«, gab sie mit verschämter Stimme zu. Oh, er würde ihr bestimmt nicht glauben. Denn sie konnte selbst kaum glauben, was geschehen war.

Er hob seinen Kopf vom Kissen und verfolgte das Spiel der Schatten der einzelnen Kerze in ihrem Gesicht. Dann strich er mit seinem Zeigefinger über ihre Wange, die von ihrem Liebesspiel noch wunderbar gerötet war. »Du brauchst dich nicht zu rechtfertigen oder zu entschuldigen. Ich glaube, das war mir bereits klar.«

Sie hob den Blick und sah ihn an. »Habe ich mich derart unbeholfen angestellt?«

»Du warst rundherum perfekt.« Er küsste sie zärtlich auf den Mund. »Aber es hat sich körperlich ganz einfach nicht so angefühlt, als ob du oft mit irgendwelchen Männern schläfst.«

Sie schmiegte ihr Gesicht erneut an seine Schulter, und er lachte leise auf. Dann lagen sie in nachdenklichem Schweigen da und genossen die Wärme, die Berührung, den Geruch und die Nähe des jeweils anderen. Schließlich bat er sie in ruhigem, vertrauenerweckendem Ton: »Erzähl mir von deinem Mann.«

Ihre Hand, die genüsslich die Konturen seines Brustkorbs nachgezogen hatte, hielt in der Bewegung inne, und sie setzte leise an: »Die Hochzeit fand sofort nach meinem Collegeabschluss statt. Wir waren vier Jahre verheiratet, bevor er bei einem Autounfall starb.«

»Das tut mir leid. Das muss schlimm für dich gewesen sein.«

Sie stieß einen Seufzer aus. »Wir waren damals schon getrennt. Charles war ein – ziemlich erfolgloser – Vertreter. Er hat ständig die Jobs gewechselt und immer irgendwelchen großen, unrealistischen Zielen hinterhergejagt. Ich bin ihm jahrelang von Stadt zu Stadt, von Staat zu Staat gefolgt, immer in der Hoffnung, dass ich es schaffen würde, wenigstens die Vorhänge an den Fenstern aufzuhängen, bevor er wieder nach Hause kam und mir von seinem neuesten Vorhaben erzählte, für das ein erneuter Umzug nötig war.

Schließlich wurde ich dieses unstete Leben leid, habe ihn verlassen und angefangen, Gesellschaftskolumnen für eine Zeitung zu schreiben. War nicht gerade ein aufregendes Leben, aber wenigstens kehrte ein bisschen Ruhe ein. Charles hat mich immer wieder angefleht, zu ihm zurückzukommen, aber ich habe mich geweigert, solange er mir nicht versprochen hat, dass er irgendwo sesshaft wird. Und ein paar Monate später kam er dann bei dem Autounfall um.«

Reeves zog sie noch enger an seine Seite und atmete hörbar ein. »Ich hoffe, du hast keine Schuldgefühle, weil du ihn verlassen hast.«

Sie lachte trocken auf. »Wahrscheinlich hätte ich welche, doch kurz nach seinem Tod tauchte seine Freundin bei mir auf und gestand mir voller Schuldbewusstsein, dass die beiden schon ein Verhältnis gehabt hatten – lange, bevor ich ausgezogen war.«

»Der Kerl scheint ja ein echter Hauptgewinn gewesen zu sein«, stellte Reeves sarkastisch fest.

»Sei ihm gegenüber bitte nicht zu hart. Er konnte sich genauso wenig ändern, wie sich einer von uns beiden ändern kann.«

»Ich finde dich wirklich großmütig.« Er legte eine Hand unter ihr Kinn, zog ihr Gesicht zu sich heran und gab ihr einen sanften Kuss.

Dann warf er sie praktisch von sich herunter und richtete sich kerzengerade auf, denn plötzlich war es taghell im Raum. Als sie beide merkten, was geschehen war, brachen sie in lautes Lachen aus.

»Ich habe Kriege, Hungersnöte und Überschwemmungen erlebt und kriege beinahe einen Herzinfarkt, nur weil plötzlich die Lichter angehen.« Er raufte sich auf eine liebenswerte, jungenhafte Art das Haar.

»Wie spät ist es?«, fragte sie.

Er warf einen Blick auf seine Armbanduhr. »Kurz nach zwei.«

»Tja, dann haben sie den Strom beinahe in Rekordzeit wieder angestellt«, stellte sie lachend fest.

»Bleib, wo du bist. Ich drehe eine Runde durch die Wohnung und mache die Lampen aus.«

»So?« Sie setzte sich auf und starrte ihn verwundert an, als er achtlos über die Pyjamahose stieg, die auf dem Boden lag.

Er bedachte ihre nackte Brust mit einem wollüstigen Blick und fragte in herausforderndem Ton: »Stört dich das vielleicht?«

»Nicht, wenn du schnell zurückkommst«, schränkte sie mit einem verführerischen Grinsen ein.

»Du bist ja unersättlich«, neckte er sie, während er aus dem Zimmer lief.

Jordan ließ sich in die Kissen fallen, streckte genüsslich ihre Arme aus und seufzte wohlig auf. Dann sah sie sich lächelnd in dem Zimmer um, das seinen Charakter verändert zu haben schien, seit Reeves Grant dort eingezogen war.

Ihr Blick fiel auf die Sammlung von Lalique-Parfümflakons, die auf ihrer Kommode stand, wanderte weiter, kehrte dann aber noch mal dorthin zurück. Helmut. Helmut hatte ihr erst letzte Woche eine der Kristallflaschen »ohne besonderen Anlass« geschenkt.

Während eines kurzen Augenblicks, als Reeves von ihr hatte wissen wollen, ob es einen Grund gab, nicht mit ihm zu schlafen, hatte sie Helmuts Gesicht vor sich gesehen. Es war ihm gegenüber alles andere als fair, dass sie heute Nacht mit Reeves zusammen war. Wie ginge sie am besten damit um?

Sollte sie Reeves erzählen, dass es Helmut gab? Im Grunde ging es ihn nichts an, aber vielleicht wäre es besser, wenn sie gleich von Anfang an vollkommen ehrlich zu ihm war.

Von Anfang an? Sie hatte keinen Grund zu glauben, dass es weitergehen würde zwischen ihr und ihm. Vielleicht wäre es besser, erst mal nichts zu sagen, bis sie wüsste, wie Reeves Grant die ganze Sache sah.

Nein, sie würde erst mal nichts davon erzählen, dass es Helmut gab.

Doch als Reeves zurück ins Zimmer kam und die Lichter löschte, wurde ihr klar, dass sie es nicht ertragen würde, ihm gegenüber unehrlich zu sein.

»Reeves«, setzte sie deshalb an, als er zu ihr unter die Decke kroch und sie wieder in die Arme nahm. »Reeves.«

»Die Kerzen im Wohnzimmer sind alle aus. Sollen wir diese eine Kerze einfach runterbrennen lassen? Ich will nicht, dass es völlig dunkel ist, denn dann kann ich dich nicht sehen«, meinte er mit rauer Stimme, während er die Lippen über ihren Hals bis zu dem empfindlichen Dreieck zwischen den oberen Brustwirbeln wandern ließ.

»Reeves …«

»Hm?«

»Ich möchte … ah … Reeves, bitte … mit dir reden …«

Er spreizte seine Hand auf ihrem flachen Bauch, glitt mit seinen Lippen über ihren Busen, und im Handumdrehen wurden ihre Brustwarzen vor Verlangen wieder ganz hart. »Willst du wirklich reden? Jetzt?«, fragte er einen Moment, bevor er seine Zunge zwischen ihre Lippen schob. So konnte sie unmöglich reden, doch das spielte keine Rolle mehr. Weil das, was sie hatte sagen wollen, vollkommen vergessen war.

Helmut Eckherdt gab Reeves Grant die Hand und rief mit lauter Stimme aus: »Mr Grant, ich habe Sie seit Ihrer Ankunft kaum gesehen. Ich hoffe, Sie haben sich mit Essen und Trinken eingedeckt.« Er sah seinen Gast mit einem breiten Lächeln an. Von der Spannung zwischen Jordan und dem Fotografen nahm er offenbar nichts wahr.

»Danke, Mr Eckherdt. Ich amüsiere mich von Minute zu Minute mehr.« Reeves blickte auf Jordan, die kreidebleich, doch stoisch neben Helmut stand.

»Oh, entschuldige, Liebling.« Helmut nahm Jordans Hand und klemmte sie besitzergreifend unter seinen Arm. »Mr Grant, darf ich Ihnen Mrs Jordan Hadlock vorstellen? Sie ist eine Landsmännin von Ihnen, aber ich hoffe, nur noch für kurze Zeit.«

Helmut blickte Jordan lächelnd an, und sie reichte Reeves die Hand. Er nahm sie nicht sofort, sondern zögerte noch kurz, und ihr wurde siedend heiß. Er würde doch bestimmt nichts von letzter Nacht verraten! Derart oberflächlich konnte er wohl nicht sein. Langsam hob er seinen Arm, packte ihre Hand und schüttelte sie leicht.

»Es ist mir ein Vergnügen, Ihre Bekanntschaft zu machen, Mrs Hadlock.«

»Danke«, murmelte sie verschämt.

»Du wirst Reeves – ich darf doch Reeves zu Ihnen sagen? – in den nächsten Tagen öfter sehen, mein

Schatz«, erklärte Helmut ihr. »Er macht nämlich ein Porträt von mir für eine amerikanische Zeitschrift. Er ist Fotojournalist.«

»Ich bin mit Mr Grants Arbeiten vertraut«, erwiderte Jordan ruhig, hob mutig den Kopf und begegnete dem zornentbrannten Blick aus einem grünen Augenpaar. »Ich habe Ihre Fotoserie über die IRA im *Time*-Magazin gesehen. Sie war sehr umfassend und wirklich interessant. Sie haben ein sehr schwieriges Thema realistisch, aber gleichzeitig mit Mitgefühl in Bilder gefasst.«

»Danke, Mrs Hadlock. Ich dachte, dass es an der Zeit ist, mich mal mit einem weniger deprimierenden Thema zu befassen. Ich war sehr gespannt darauf, Mr Eckherdt kennenzulernen, und ich glaube, dass die amerikanische Öffentlichkeit einen Artikel über einen der reichsten Männer der Welt begeistert lesen wird.«

»Ich hätte es gern, dass auch Jordan in dem Artikel vorkommt, Reeves. Vielleicht zücken Sie jetzt schon einmal Ihre Kamera, denn in ein paar Minuten gebe ich unsere Verlobung öffentlich bekannt.«

Jordan wirbelte zu ihm herum. »Helmut!«, rief sie aus. »Warum … warum hast du mir nichts davon gesagt?«

»Weil es eine Überraschung werden sollte.« Er sah sie mit einem strahlenden Lächeln an, bei dem seine blendend weißen Zähne vorteilhaft zur Geltung kamen. »Und wenn ich es dir gesagt hätte, hättest du dir doch wieder nur irgendeinen Vorwand ausgedacht, um das Unvermeidliche noch einmal zu verschieben. Du *wirst* Mrs Eckherdt werden, Liebling. Das ist nur eine Frage der Zeit. Oder hast du etwa nicht zugesagt, mich zu heiraten?«

Während eines kürzlich erfolgten Ausflugs nach Zermatt hatte sie sich widerstrebend bereit erklärt, darüber nachzudenken, nachdem sie über Stunden spielerisch von ihm umworben worden war. Sie hatte vorgehabt, ihm irgendwann in aller Ruhe zu erklären, dass sie einfach nicht bereit für eine neuerliche Eheschließung war. Nur war der rechte Zeitpunkt nie gekommen, und jetzt gab er plötzlich ihre Verlobung öffentlich bekannt. Und Reeves! Oh Gott, wie konnte das geschehen?

Mit einem Mal bekam sie in dem wunderhübschen Kleid, auf dessen Kauf Helmut für den Empfang bestanden hatte, nur noch mühsam Luft. Und inmitten all der Gäste fühlte sie sich furchtbar eingeengt. Der Champagner brodelte in ihrem Magen und würde womöglich jeden Moment wieder hochkommen. Ihr Schädel dröhnte. Und die ganze Zeit stand Reeves in ihrer Nähe und starrte sie böse an.

Jordan hatte das Gefühl, als beobachte sie aus der Ferne, wie Helmut seine Gäste um Aufmerksamkeit bat. Allmählich verstummten die Gespräche, Teller voller Köstlichkeiten wurden fortgestellt, und die Leute wandten sich ihm höflich zu.

»Ich bin sicher, dass die meisten von Ihnen Jordan inzwischen kennengelernt haben. Heute Abend habe ich die große Freude, Ihnen mitzuteilen, dass sie in

Kürze den Bund fürs Leben mit mir schließen wird.« Damit trat er eine Lawine los. Die Frauen betrachteten sie voller Neid, die Männer voller Anerkennung, und nur eine Handvoll Leute, die sich aus reinem Egoismus mehr um ihre eigenen Angelegenheiten kümmerten, nahmen die Gespräche wieder auf.

Jordan fuhr zusammen, als sie all den neugierigen Blicken ausgeliefert war. Sie ließ sich wie in Trance von Helmut in die Arme ziehen, bevor sie einen zarten Kuss von ihm auf den geschlossenen Mund gehaucht bekam. Gleichzeitig bemerkte sie das Blitzen einer Kamera. Reeve fotografierte sie, während sie sich von einem anderen küssen ließ.

Schließlich ergriff Helmut abermals das Wort. »Um unsere Verlobung zu besiegeln, schenke ich Jordan diesen Ring.« Er holte eine kleine samtbezogene Schachtel aus der Tasche, klappte sie entschlossen auf und zog einen Platinring daraus hervor, auf dem der größte und geschmackloseste Diamant, den Jordan je gesehen hatte, saß. Dann ergriff er ihre feuchte, schlaffe linke Hand und schob das Schmuckstück auf ihren Ringfinger, wo es eng wie eine Fessel stecken blieb. Sie blickte zu ihm auf und sah ihn mit einem schiefen Lächeln an. Und die ganze Zeit klickte die Kamera.

Sie hätte sich am liebsten zu Reeves umgedreht und laut geschrien, er solle endlich aufhören. Weil all das nicht wirklich war. Nichts von alldem spielte irgendeine Rolle und schmälerte das, was letzte Nacht in ihrer Wohnung zwischen ihnen beiden vorgefallen war, doch der Blitz der Kamera blendete sie ein ums andere Mal. Schließlich schoben sich die Gäste auf sie zu, um zu gratulieren und sich ihren diamantbesetzten Ring aus nächster Nähe anzusehen.

Reeves verfolgte reglos, wie Jordan an Helmuts Jackenärmel zog. Das Blut rauschte in seinen Adern. Nur mit Mühe schaffte er es, Jordan nicht zu packen und zu schütteln, bis sie winselnd um Gnade bat. Und wenn sie zerknirscht wäre und flehentlich um Gnade und Vergebung gebeten hätte, hätte er sie so lange geküsst, bis sie ohne jeden Zweifel wüsste, dass nicht Helmut, sondern er der zukünftige Mann an ihrer Seite war. Denn das wusste sie anscheinend nicht. Wie ein hilfloses und schwaches Weibchen lehnte sie sich schutzsuchend an Helmut an. Nie zuvor in seinem Leben hatte Reeves eine derartige Eifersucht und einen derartigen Zorn auf jemanden verspürt.

Helmut neigte seinen Kopf, sodass sein Ohr in Höhe ihres Mundes lag. Sie bewegte ihre Lippen unmerklich an seiner Haut, und Reeves wusste genau, was für ein herrliches Gefühl das war. Sie raunte Helmut etwas zu, und Reeves las ihm die Antwort von den Lippen ab: »Selbstverständlich, Schatz.«

Reeves brauchte eine neues Objektiv, sodass er die Hand in seine Jackentasche schob. Als er sah, wie Helmut seinen Mund auf Jordans leicht offene Lippen presste, ballte er erbost die Faust und zerbrach dadurch das Glas, das ihm in drei Finger schnitt.

Erst nachdem er die Hand wieder aus der Tasche gezogen hatte und das Blut von seinen Fingern tropfen sah, griff er sich eine Stoffserviette und hüllte die verletzten Finger darin ein.

Offenbar auf Wunsch seiner Verlobten setzte Helmut abermals zum Sprechen an.

»Meine Damen und Herren, Jordan hat darum gebeten, dass Sie, da Sie alle Freunde sind und heute Abend kein Mitglied der Presse geladen ist, die Nachricht von unserer bevorstehenden Hochzeit erst einmal für sich behalten. Verständlicherweise möchte sie nicht, dass die Neuigkeit bekannt wird, bevor sie ihre Eltern in den Vereinigen Staaten darüber informieren kann.«

Reeves stand inmitten der Gästeschar, die sich in Rufen der Bewunderung für das märchenhafte Paar erging, und verfolgte, wie Jordan sich höflich gratulieren ließ. Als eine schmuckbehängte ältere Matrone sie in ihre dicken Arme zog, sah sie ihn über die massiven Schultern ihrer Gratulantin hinweg unglücklich an.

Zur Hölle mit dem Weib! Ihre blau umringten grauen Augen sahen riesengroß und flehend aus. Wie konnte sie es wagen, ihn so anzusehen, nachdem er so von ihr zum Narren gehalten worden war? Er selbst starrte sie weiter eisig an. Doch seine ablehnende Gleichmut war nur aufgesetzt. Nicht einmal in diesem Augenblick hätte er sicher sagen können, ob er ihr wegen ihrer dreisten Lügen lieber eine Ohrfeige verpassen oder sie zu Boden zerren und mit dem wilden Hunger lieben wollte, der den Druck auf seine Lenden beinahe unerträglich werden ließ.

Jordan sank erschöpft auf einen satinbezogenen antiken Stuhl und starrte geistesabwesend auf den teuren Marmorboden unter ihren silberfarbenen Sandalen. Von den dünnen Riemchen wiesen ihre kleinen Zehen dicke rote Striemen auf, und sie sehnte sich danach, die Schuhe endlich auszuziehen und barfuß zu laufen wie vergangene Nacht. Vergangene Nacht.

Sie lenkte ihren Blick dorthin, wo die Angestellten aufräumten. Einer der Männer wischte verschütteten Champagner auf, und ein anderer leerte die kristallenen Aschenbecher über einer Messingpfanne aus. Andere Leute beluden Tabletts mit leeren Tellern und schmutzigen Servietten und trugen sie aus dem Raum.

Reeves und Helmut standen in der Nähe des Buffettischs und unterhielten sich angeregt. Reeves warf sich eine Handvoll Erdnüsse in den Mund, warf den Kopf zurück und brach, als Helmut etwas sagte, in schallendes Gelächter aus.

Weshalb in aller Welt hatte sie, Jordan Hadlock, sich in eine derart unmögliche Situation gebracht? Hätte sie Reeves doch nur gefragt, weshalb er nach Luzern gekommen war. Eine vollkommen logische Frage, oder etwa nicht? Hätte er doch nur erwähnt, dass er mit dem Porträt eines Schweizer Unternehmers beauftragt worden war. Warum hatten sie seinen Job mit keinem Wort erwähnt? Ach, hätten sie doch nur …

Was wäre letzte Nacht passiert, wenn Reeeves gewusst hätte, dass sie praktisch Helmut Eckherdts Freundin war? Hätte das eine Rolle für ihn gespielt?

Helmut war mindestens zehn Jahre älter als der Fotograf, wesentlich wohlhabender und stand auf eine etwas einschüchternde Art beinahe überall sofort im Mittelpunkt. Doch als Jordan die beiden Männer jetzt betrachtete, erkannte sie, dass Reeves durchaus auf Augenhöhe mit Helmut sprach. Er ließ sich weder von der Macht noch von dem Reichtum des Industriellen beeindrucken.

Beide Männer waren attraktiv. Helmut hätte mit seinem klassischen blonden Haar hervorragend auf ein Werbeplakat für das Alpenland gepasst. Dank stundenlangen Trainings in seinem privaten Fitnessraum und der gründlichen Behandlung seines persönlichen Masseurs war sein Körper straff und muskulös.

Reeve hingegen brauchte offenkundig nichts dafür zu tun, dass er so vital aussah. Er bewegte sich mit lässiger Geschmeidigkeit und unverhohlener Kraft, und sein robustes Erscheinungsbild verriet, dass er ein Nachfahr der amerikanischen Pioniere war.

Jordan bewunderte jede seiner Gesten und war von seinem dröhnenden Gelächter und der ruhigen, leicht gedehnten Art, in der er sprach, vollkommen fasziniert. Mit einer aus der Erinnerung geborenen Zärtlichkeit verfolgte sie, wie er seine Kamera in ihre Hülle schob, diese sorgfältig verschloss und Helmut die Hand reichte. Drei Finger seiner anderen Hand waren in eine Serviette eingewickelt. Waren die roten Flecken etwa Blut?

Letzte Nacht hatten diese Hände sie liebkost, bis sie vor lauter Wonne fast vergangen war. Sie hatten sanft auf jede Regung ihres Körpers reagiert und sie mit einer Langsamkeit erforscht, die für sie die größte Lust gewesen war. Dann hatte er seine Lippen folgen lassen und ihren Körper gierig mit dem Mund ausgekundschaftet.

Die Worte der Liebe, die er leise in ihr Ohr geflüstert hatte, hatten sie im selben Maß erregt. Ihr Mann Charles war ein stummer Liebhaber gewesen, und sie hätte nie gedacht, dass die Botschaft einiger geraunter, unzusammenhängender Phrasen ein solches Labsal für den Körper und die Seele war.

Erst vor vierundzwanzig Stunden hatte er in den höchsten Tönen von ihr geschwärmt. Was aber dachte er jetzt, als er zusammen mit Helmut in ihre Richtung kam? Sie kämpfte gegen die Tränen an, die sich in ihren Augen sammelten, und setzte ein etwas verzerrtes Lächeln auf.

»Tut mir leid, dass ich dich so lange habe warten lassen, meine Liebe«, entschuldigte sich Helmut. »Ich muss vor morgen noch ein paar wichtige Dinge erledigen. Deshalb hat sich Reeves erboten, mit dir zusammen in der Barkasse zurückzufahren und dafür zu sorgen, dass du sicher nach Hause kommst.«

3

Jordan starrte den Fotografen an, wandte sich dann aber umgehend wieder Helmut zu. »Das ist nicht nötig. Ich kann problemlos auch alleine von der Anlegestelle nach Hause gehen.«

»Kommt nicht in Frage, Mrs Hadlock«, widersprach ihr Reeves. »Ich habe Helmut versprochen, Sie nicht aus den Augen zu lassen, bis Sie sicher zu Hause sind.«

Am liebsten hätte Jordan ihm eine Ohrfeige verpasst. Er machte sich absichtlich über sie lustig. Während Helmut ihr Umhängetuch und ihre Abendtasche von der Garderobe holte, lehnte er lässig an einer Marmorsäule und unterzog sie einer unverschämten Musterung.

»Fertig, Jordan?«, fragte Helmut höflich.

»Ja.«

Helmut bestand darauf, sie noch vom Schloss bis an den Rand des Sees zu eskortieren. Sein Grundstück lag auf einer privaten, mehrere Hektar großen Insel mitten im Vierwaldstätter See. Das Haus, wenn man es so nennen wollte, war ein weiß gestrichener Backsteinbau mit dunkelbraunem Holzgebälk und passenden Klappläden. Trotz der bescheidenen Architektur war es ein echtes Vorzeigeobjekt. Das Interieur war einfach prachtvoll, und die Außenanlage war die reinste Studie in gärtnerischer Perfektion.

Er führte die beiden durch den hübsch angelegten Garten die Steintreppe hinunter zu seinem privaten Kai und gab Jordan einen Gute-Nacht-Kuss, bevor ein uniformierter Bootsmann seinen beiden Gästen an Bord eines schnittigen Gefährtes half. Helmut heuerte regelmäßig Motortaxis an, um seine Gäste von der Insel inmitten des Sees wieder in die Stadt zu transportieren, und auch wenn es keine echten Luxusyachten waren, waren sie bequem und schnell.

Nachdem Jordan und Reeves auf zwei Stühlen Platz genommen hatten, ließ der Bootsführer den Motor an, und sie tuckerten gemächlich los. Helmut winkte ihnen, bis er wegen der nächtlichen Dunkelheit und der feinen Gischt, die hinter ihnen aufspritzte, nichts mehr von ihnen sah.

Jordan lehnte angespannt in dem niedrigen, mit Segeltuch bespannten Stuhl, und da sie aufgrund der kalten Abendluft ein wenig fröstelte, hüllte sie sich fester in ihr bodenlanges Satintuch ein. Reeves saß direkt neben ihr, und weil ihnen der Bootsführer den Rücken zuwandte, waren sie praktisch allein.

Durch das Dunkel drang ein leises Kratzen an ihr Ohr, und dann sah sie das Flackern eines Streichholzes, das Reeves an die Spitze einer Zigarette hielt. Er fächerte das Streichholz wieder aus und steckte es in ein Gefäß voll Sand, das auf dem schimmernden Deck des Schiffes stand. Jordan schlug der würzige

Geruch des Tabakrauchs entgegen, als Reeves an seiner Zigarette zog und anschließend den Rauch gemächlich wieder aus seinen Lungen entweichen ließ.

»Ich wusste gar nicht, dass du rauchst«, stellte Jordan leise fest.

Es folgte eine lange Pause, und sie dachte, er hätte den Satz entweder nicht gehört oder wollte sie ignorieren. Schließlich aber sagte er: »Eigentlich tue ich das auch nicht. Ich habe schon vor Jahren damit aufgehört. Doch jetzt fange ich eben wieder damit an.«

»Oh.«

Er drehte sich auf seinem Stuhl zu ihr herum und starrte sie aus kalten grünen Augen an, während er ein zweites Mal an seiner Zigarette zog, hustete, auf seinen Husten fluchte und den Glimmstängel in hohem Bogen durch die Luft ins Wasser warf, wo er leise zischend erlosch. »Ist das alles, was du sagen kannst? ›Oh‹?«

»Reeves, bitte, ich …«

»Erspar mir irgendwelche theatralischen Erklärungen«, fuhr er sie rüde an. »Ich kann dir versichern, dass die gar nicht nötig sind. Wir haben uns während eines Gewitters ein paar schöne Stunden miteinander gemacht. Es war unglaublich romantisch und gemütlich, und wir haben uns beide prächtig amüsiert. Aber mehr war nicht.« Zum Zeichen, dass das Thema damit für ihn abgeschlossen war, fuhr er mit den Händen durch die Luft, und wieder fielen ihr die mit einer Serviette verbundenen Finger auf.

Seine Worte hatten sie verletzt, jetzt wurde sie jedoch kurzfristig durch die blutige Serviette abgelenkt. »Was ist mit deiner Hand passiert?«, wollte sie von ihm wissen.

»Was?« Es war ihm überdeutlich anzusehen, wie erregt er war. Seine Muskeln waren so angespannt, dass seine Smokingjacke beinahe zu bersten schien. *»Was?«*, wiederholte er derart erbost, als hätte sie die falsche Reaktion gezeigt.

»Was ist mit deiner Hand passiert?«

Wütend und verwundert starrte er erst sie und dann seine verbundenen Finger an, als sähe er das blutgetränkte Tuch zum ersten Mal. »Oh, ich ... uh ... habe mich geschnitten. Aber das ist halb so wild.«

»Du blutest.«

»Nicht mehr.«

»Bist du sicher? Vielleicht ...«

»Ich habe gesagt, es ist halb so wild.«

»Lass mich gucken, ob ...«

»Würdest du wohl endlich aufhören, über meine verdammte Hand zu reden?«, brüllte er sie an, stand auf, stopfte die Hände in die Taschen seiner Smokingjacke, trat an die Reling des Boots und lehnte sich daran an. Das Heben und Senken seiner Schultern machte deutlich, dass er kurz vor dem Ersticken war. Bisher war ihr gar nicht klar gewesen, wie wütend er war.

Er blieb eine halbe Ewigkeit dort stehen, trommelte mit seinen Fäusten auf das blank polierte Holz und starrte über den See auf die Lichter von Luzern, die immer größer wurden, je näher das Boot dem Ufer kam. Schweigend starrte Jordan seinen Rücken an. Sie sehnte sich danach, ihm zu erklären, welcher Art ihre Beziehung zu Helmut Eckherdt war, aber sein Gemütszustand ließ keine ruhige Unterhaltung zu. Sie würde also warten, bis sein Zorn sich legte, und dann würde sie versuchen zu erklären, dass all das ein Riesenirrtum war.

Dann zuckte sie jedoch zusammen, denn er wirbelte zu ihr herum und stieß verächtlich aus: »Es ist nicht so, dass ich irgendwelche Skrupel hätte, mit der Verlobten eines anderen ins Bett zu gehen. Aber du hast mich belogen. Und ich verachte Verlogenheit.«

»Ich habe dich nicht …«

»Was würde wohl Helmut denken, wenn er wüsste, was letzte Nacht geschehen ist? Hm? Wäre dein Diamant dann vielleicht ein bisschen kleiner ausgefallen? Oder weiß er es vielleicht? Vielleicht hat er ja solchen Spaß mit dir, dass er bereit ist, deine gelegentlichen Indiskretionen beflissentlich zu übersehen? Oder vielleicht leiht er dich ja sogar an gute Freunde aus?«

»Halt den Mund!«, schrie sie und sprang so schnell von ihrem Stuhl, dass sie beinahe das Gleichgewicht verlor. »So ist es nicht. Ich wollte dir heute Morgen von Helmut erzählen, aber du warst nicht mehr da. Als ich wach wurde und sah, dass du verschwunden warst, konnte ich mich nicht entscheiden, ob du nur ein unglaublich lebendiger Traum oder ein Albtraum gewesen warst. Ich hatte mit einem zärtlichen, sensiblen Mann geschlafen, der sich dann allerdings bei Anbruch der Dämmerung einfach heimlich davongeschlichen hat. Und, erzählst du, wenn du wieder heimkommst, deinen Freunden von dem One-Night-Stand, mit dem du dir die erste Nacht in Luzern vertrieben hast?«

Tränen nahmen ihr die Sicht, und sie wischte sie wütend fort. Sie hatte ihn nicht wissen lassen wollen, dass sie am Boden zerstört gewesen war, weil er, als sie die Augen aufgeschlagen hatte, einfach spurlos verschwunden war. Hätte die Matratze ihres Bettes nicht den Abdruck seines Körpers aufgewiesen, hätte nicht der würzige Geruch seines Rasierwassers noch im Raum gehangen, hätte sie vielleicht gedacht, sie hätte all das nur geträumt.

Die sichtbarsten Spuren seiner Existenz jedoch hatte ihr Körper aufgewiesen. Ihre Lippen waren leicht geschwollen und wund gewesen von der Leidenschaft der Küsse dieses Manns. Ihre Brüste hatten in der Erinnerung an seine Streicheleien gekribbelt, und sie hatte sich noch ganz genau an das Gefühl erinnert, als er tief in ihr gewesen war. Nein. Es war viel zu real gewesen, um nur ein Produkt ihrer Fantasie zu sein.

»Ich bin heute Nachmittag zurückgekommen, aber da hattest du den Laden praktischerweise schon verlassen«, schnauzte er zurück. »Oder warst du vielleicht die ganze Zeit zu Hause, als ich an deine Tür gehämmert habe wie ein frustrierter Romeo?«

Sie war wirklich da gewesen. Am späten Nachmittag hatte sie, beschämt und unglücklich wegen der Vorkommnisse der vergangenen Nacht, den Laden geschlossen und sich oben hingelegt. Schließlich hatte sie während der letzten Nacht kaum ein Auge zugetan. Und dann hatte Helmut angerufen und gesagt, dass er sie von einem seiner Angestellten abholen und durch die Gassen der Altstadt zum Seeufer geleiten lassen würde, wo ein Motorboot auf sie wartete. Sie sollte die Garderobe für den abendlichen Empfang einfach mitbringen und sich in seinem Schloss umziehen, wo ihr eine eigene Suite zur Verfügung stand.

Sie hatte kaum den Hörer aufgelegt, als sie das Klopfen unten an der Tür vernommen hatte. Vorsichtig hatte sie durch einen Spalt zwischen den Vorhängen am Fenster ihres Schlafzimmers auf die Straße hinuntergelugt, und als sie das Sonnenlicht in Reeves braunen Haaren blitzen sehen hatte, hatte ihr Herz vor lauter Freude einen Satz gemacht. Etwas ungeduldig hatte er am Messingknauf der Tür gedreht und dann erneut geklopft. Er hatte sogar ihren Namen gerufen und zu ihr hinaufgeblickt. Gerade noch rechtzeitig hatte sie einen Satz zurückgemacht, damit er sie nicht sah.

Warum war sie nicht runtergegangen und hatte ihm aufgemacht? Weshalb war sie einfach stehen geblieben, starr vor Schreck, weil er plötzlich wieder da gewesen war? Aus Scham oder aus Verlegenheit? Vielleicht hätte er sie bei Tageslicht ja nicht mehr anziehend gefunden. Oder vielleicht hätte er ihr plötzlich nicht mehr zugesagt. Der letzte Gedanke war totaler Quatsch. Er war der attraktivste Mann, den sie je gesehen hatte, ob bei Kerzen- oder Sonnenlicht. Was also hatte sie davon abgehalten, hinunterzugehen, die Tür des Ladens aufzureißen und sich ihm an die Brust zu werfen?

Nackte Angst.

In den letzten Jahren hatte sie allein gelebt, von ihren Fehlern gelernt und sich über die Dinge, die sie erreicht hatte, gefreut. Sie hatte sich vollkommen von anderen abgekapselt, hatte nur in ihrer eigenen Welt gelebt. Schon einmal hatte sie ihr Leben in die Hände eines anderen gelegt, und es hatte katastrophal geendet. Als sie Charles schließlich verlassen hatte, hatte sie sich geschworen, ihr Leben niemals wieder einem anderen anzuvertrauen. Charles verfrühter Tod hatte sie endgültig davor bewahrt, eine unglückliche Ehe wieder aufzunehmen, und seither hatte sie sich nicht noch mal derart an einen Mann gebunden, dass sie von ihm abhängig geworden war.

Helmut machte ihr bereits seit Monaten den Hof, aber die Vorsicht hatte sie daran gehindert, uneingeschränkt auf seine Avancen einzugehen. Und dieselbe Vorsicht hatte sie zurückgehalten, als sie nachmittags hatte hinunterlaufen und Reeves Grant mit all dem Glück hatte wieder willkommen heißen wollen, das bei seinem bloßen Anblick in ihr aufgestiegen war.

Mein Gott! Sie hatte mit diesem Mann geschlafen. Während einiger kurzer Stunden *hatte* ihr Leben in seiner Hand gelegen. Hatte sie unbewusst jede Kontrolle an ihn abgegeben. Wenn das nicht gefährlich war, was dann? Deshalb hatte sie, während er einen kleinen Block aus seiner Tasche gezogen, eine eilige Notiz für sie gekritzelt und in ihren Briefkasten geschoben hatte, ein für alle Mal beschlossen, ihn nie wiederzusehen.

Trotzdem war sie, nachdem er gegangen war, die Treppe hinuntergeflogen, hatte den Zettel aus dem Briefkasten gezerrt und mit zitternden Fingern aufgeklappt.

Meine süße Jordan,
bitte verzeih, dass ich vorhin verschwunden bin, ohne mich zu verabschieden, aber Du hast so tief geschlafen, dass ich es nicht übers Herz gebracht habe, Dich aufzuwecken. (Geständnis: Ich habe einen Blick unter die Bettdecke geworfen. Wunderschön.) Ich wollte mir ein Zimmer nehmen (im Hotel Europa) und erst mal gründlich duschen, bevor ich wieder bei Dir auftauche. Unglücklicherweise hast Du genau diesen Augenblick gewählt, um aus dem Haus zu gehen. Heute Abend habe ich (geschäftlich) zu tun, aber falls Du ein Licht für mich brennen lässt, komme ich später noch bei Dir vorbei (Ich selbst brenne bei der Erinnerung an letzte Nacht). Bis dann …
Reeves

Ihre Entschlossenheit, ihn nie wiederzusehen, hatte sich in Wohlgefallen aufgelöst. Irgendwie würde sie eine von Helmuts »kleinen, intimen Cocktailpartys« für »ein paar enge Freunde« überstehen. Dann schöbe sie einfach Kopfweh vor und würde nach Hause eilen, um auf Reeves zu warten. Er würde sie fragen, ob sie unterwegs gewesen war. Sie würde ihm von Helmut erzählen, dabei aber klarstellen, dass sie nicht seine feste Freundin war. Er würde sagen, darüber wäre er froh und das würde er verstehen. Dann würde er sie in die Arme nehmen. Küssen …

Aber wie hieß es doch so schön? *Leben ist das, was passiert, während du eifrig andere Pläne machst.*

»Ich kann nur für dich hoffen, dass du eine gute Erklärung hast«, riss sein Schnauzen sie aus der Vergangenheit in die Gegenwart zurück. Sie starrte ihn benommen an. Mit seinem vom Wind gepeitschten Haar und den vor Zorn funkelnden Augen sah er richtiggehend teuflisch aus.

Offensichtlich nahm er an, sie dächte sich irgendeine Geschichte dafür aus, dass sie am Nachmittag nicht im Geschäft gewesen war. Doch sie erklärte ehrlich: »Ich war wirklich da.«

Die Antwort schien ihn zu überraschen, und die harschen Falten links und rechts seiner zusammengepressten Lippen wirkten plötzlich nicht mehr ganz so tief.

»Aber ich dachte, wir sollten uns nicht wiedersehen.«

»Damit hattest du eindeutig recht«, fuhr er sie an. »Denn es kann ziemlich schwierig werden, wenn man im Begriff steht, einen der reichsten Männer der Welt zu heiraten, und sich gleichzeitig einen Geliebten nimmt. Schließlich zerreißen sich die Leute gern das Maul.«

»Nein!« Sie stampfte frustriert mit einem Fuß auf

dem Deck des Schiffes auf. »Ich wusste nicht, dass Helmut heute Abend unsere Verlobung bekannt geben würde.«

»Aber ihr wart inoffiziell verlobt?«

»Nein. Das heißt, nicht wirklich … er …«

»Ja?« Er verschränkte arrogant die Arme vor der Brust.

Sie leckte sich die Lippen und versuchte, die Strähnen fortzuschieben, die der Wind um ihre Wangen flattern ließ. »Sei vernünftig, Reeves. Kannst du nicht sehen, dass ich dort nicht hingehöre?«, fragte sie und zeigte auf das Schloss, das hinter ihnen lag.

»Aber bald wirst du die Herrin dieser Insel sein. Ein ganz schöner Aufstieg für eine kleine Verkäuferin aus Iowa.«

Ohne auf seinen Sarkasmus einzugehen, fuhr sie fort: »Helmut kam eines Tages zu mir in den Laden, um eine Zeitung zu kaufen. Dabei kamen wir miteinander ins Gespräch. Er war ausnehmend charmant und hat ein wenig mit mir geflirtet. Ich habe mir nichts dabei gedacht, doch an dem Abend, gerade als ich schließen wollte, tauchte er noch einmal auf und lud mich auf einen Kaffee ein.«

»Wusstest du, wer er ist?«, hakte er unbarmherzig nach.

»Ich dachte, ich hätte ihn schon einmal irgendwo …«, versuchte sie, ihm auszuweichen, doch als sie in seine durchdringenden Augen sah, wusste sie, auch wenn er die Wahrheit sicher falsch verstehen würde, wäre es vollkommen sinnlos, und so tischte sie ihm irgendeine Lüge auf. »Ja«, räumte sie deshalb ein. »Ich wusste, wer er war.«

»Uh-huh.«

Etwas, was stärker war als ihre Wut, hielt sie davon ab, ihm eine schallende Ohrfeige zu verpassen, als sie seine wissende Miene sah. Sie unterdrückte ihren Zorn und fuhr mit ruhiger Stimme fort: »Danach kam er mehrere Tage nacheinander zu mir in den Laden, und wir haben uns ein wenig unterhalten. Dann lud er mich zum Abendessen ein, und ich sagte ja. Von da an sind wir öfter miteinander ausgegangen, bis …«

Als sie schwankte, drängte er: »Sprich weiter, Jordan, ich bin total fasziniert.«

»Er fing an, mir den Hof zu machen, mir Blumen und teuren Schnickschnack mitzubringen, den ich nicht brauchte und an dem mir auch nichts lag.«

Er sah sie mit einem lüsternen Grinsen an. »Und was hat Helmut für diesen ›teuren Schnickschnack‹ von dir gekriegt?«

»Nichts!«, rief sie frustriert. Im selben Augenblick krachte das Boot gegen die Stützpfeiler der Anlegestelle, und sie flog ein Stück nach vorn.

Seine starken Arme fingen sie und zogen sie an seine Brust. Doch er hielt sie nicht so zärtlich wie in der vergangenen Nacht. Seine Hände waren hart wie Stahl, und sein Gesicht war wutverzerrt. »Bildest du dir etwa allen Ernstes ein, ich wäre dumm genug, um dir zu glauben, ein reicher und weltgewandter Typ wie Helmut Eckherdt hätte die Situation nicht ausgenutzt?«

Sie fing an zu zappeln und schlug ihm gegen die Brust. »Lass mich los«, stieß sie zwischen zusammengebissenen Zähnen aus. »Rühr mich nie wieder an.«

Der Bootsführer kam schüchtern näher, Reeves ließ widerstrebend von ihr ab, und sie wirbelte herum und hob eilig ihre Tasche auf. Aus dem Augenwinkel nahm sie wahr, wie sich Reeves die Tasche mit der Kamera lässig über die Schulter schlang.

Kaum hatte der Bootsmann ihr an Land geholfen, sprang Reeves neben sie und packte sie erneut am Arm.

»Ich habe dir gesagt, dass du mich nie wieder berühren sollst«, fuhr sie ihn an und riss an ihrem Arm. Doch die Mühe hätte sie sich sparen können, denn gegen seine Kraft kam sie unmöglich an.

»Nein. Ich habe Helmut versprochen, dich bis an deine Tür zu bringen, und ich lüge nie.« Sie hörte den Vorwurf, der in diesem Satz verborgen war, und dachte über eine böse Antwort nach, als er plötzlich von ihr wissen wollte: »Wie in aller Welt kommen wir von hier zu deiner Buchhandlung?«

Er war fest entschlossen, sie noch heimzubringen, und so wies sie mit dem Kopf in eine Richtung und erklärte: »Zweite Straße links.«

Sie bogen schweigend in das Labyrinth der schmalen Altstadtgassen ein. Er machte große, ausholende Schritte, und sie stolperte unglücklich hinter ihm her. Ihre Füße taten furchtbar weh, aber sie wollte verdammt sein, bevor sie anfinge zu jammern und ihn bäte, etwas langsamer zu gehen.

Erleichtert sah sie ihren Laden, als sie um die letzte Ecke bogen. Nachdem sie die Eingangstür erreicht hatten, stellte Reeves die Tasche mit der Kamera entschlossen auf dem Boden ab, und bevor sie reagieren konnte, drückte er sie wenig sanft gegen die Steinwand ihres Hauses und zog ihre Arme neben ihren Kopf.

»Eins muss ich dir lassen, Jordan. Du hast echtes schauspielerisches Talent. Vielleicht hast du den Beruf verfehlt«, erklärte er in täuschend ruhigem Ton, während sein warmer Atem sanft über ihre kalten Wangen blies. »Diese großen grauen Augen, aus denen du einen mit beinahe jungfräulicher Schüchternheit ansiehst. Die Behauptung, dass ich der Erste für dich war, seit …« Plötzlich brach er verbittert ab, warf den Kopf zurück und kniff unglücklich die Augen zu. »Gott, was war ich für ein Narr«, stieß er mit einem harschen Lachen aus.

Dann sah er sie wieder reglos an, schob seinen Kopf so dicht an sie heran, dass sich ihre Nasen fast berührten, und fügte hinzu: »Ich habe dir deine Geschichte allen Erstens abgekauft.« Er betrachtete jedes Detail ihres Gesichts und stellte mit rauer Stimme fest: »Und du spielst deine Rolle noch immer. Wirklich rührend. Das Schimmern der Tränen in diesen verdammten grauen Augen. Der unschuldige Gesichtsausdruck. Die zitternden Lippen …«

Seine letzten Worte konnte sie nicht mehr verstehen, weil er dabei mit dem Mund über besagte Lippen glitt. Es war ein wütender Kuss, um sie zu erniedrigen und ihr nach Kräften weh zu tun. Aber als sie sich nicht wehrte, wurde aus der Plünderung ein neuerliches Werben, und nach einem kurzen Augenblick öffnete sie ihren Mund und lud seine Zunge zu sich ein.

Plötzlich ließ er ihre Handgelenke los, doch sie nutzte ihre neu gewonnene Freiheit einzig, um ihm ihre Arme um den Hals zu schlingen und sich am Gefühl der Haare, die auf seinem Kragen lagen, zu erfreuen.

Er öffnete ihr Cape, schob eine Hand unter den Stoff, streichelte zärtlich ihre schlanke Taille, schob sich noch dichter an sie heran, und Jordan schmiegte sich mit einer Sinnlichkeit an seinen Leib, die ihm den Atem nahm.

Verlangen wogte in ihr auf, als sie durch seine Kleider hindurch spürte, wie potent er war. Ihre Zunge brach zu einer eigenen Forschungsreise zwischen seine halb offenen Lippen auf, und all die falschen, bösen Dinge, die ihr von ihm vorgeworfen worden waren, schmolzen in der Hitze seines Kusses wie Eis in der Sonne dahin.

Seine Hand strich über ihre Rippen bis hinauf zu ihrem Busen, und er knetete ihn sanft, während er mit seinem Daumen langsame, verführerische Kreise über ihre unter ihrem dünnen Seidenkleid verborgene, harte Brustwarze zog. Diese himmlische Folter setzte er auch fort, als er auf ihre nackte Schulter heiße Küsse regnen ließ. Dann knabberten sich seine Lippen einen Weg an ihrem Arm herab bis zu ihrem Ellenbogen, und am Ende zollten sie auch ihrer Handfläche Tribut.

Seufzend lehnte sie sich an die Wand und strich ihm übers Haar. Lächelnd sah sie zu ihm auf, während er ihre Hand umdrehte und auf ihren dicken Diamantring sah.

Mit einer Stimme, die so hart und kalt war wie der Edelstein, stellte er fest: »Siehst du, Jordan. Das Einzige, was dich von den Mädchen unterscheidet, die in kurzen Röcken an den Straßenecken stehen, ist der Preis, den du verlangst.«

Es dauerte einen Moment, bis sie begriff. Die Worte standen in einem derartigen Gegensatz zu seinen sanften Streicheleien, dass sie sie erst gar nicht verstand. Dann aber kam es ihr so vor, wie wenn der Schmerz in ihrer Brust sie umbrächte. Und seine vernichtende Beleidigung wäre ihr Totenspruch.

Gleichzeitig jedoch erwachte sie aus ihrer Lethargie. Er hielt noch immer ihre linke Hand und sah sie gehässig lächelnd an, als ihre Rechte durch die Luft flog und mit einem lauten Klatschen seine Wange traf.

Während eines Augenblicks wirkte er wie betäubt. Er zeigte keine Reaktion.

Dann aber verzog er derart wütend das Gesicht, dass Jordan fürchtete, er ginge auf sie los.

Stattdessen wandte er sich ab, und ohne sich noch einmal zu ihr umzudrehen oder noch etwas zu sagen, hob er seine Kameratasche vom Boden auf und stapfte durch die Dunkelheit davon.

»Englischer Zeitungsladen«, meldete Jordan sich am nächsten Vormittag am Telefon.

»Hallo, Liebling«, drang Helmuts glatte, kultivierte Stimme an ihr Ohr. »Wie geht es dir? Hat dir die Party Spaß gemacht, die gestern Abend dir zu Ehren stattgefunden hat?«

»Hallo, Helmut«, grüßte sie zurück. »Ich kann nicht lange reden. Ich habe gerade Kunden im Geschäft. Ja, die Party hat mir großen Spaß gemacht. Ich wünschte nur, wir hätten vorher Zeit gehabt, um …«

»Ich weiß, was du sagen willst, und bitte dich um Verzeihung, weil ich die Sache einfach in die Hand genommen habe. Aber im Rahmen meiner unternehmerischen Tätigkeit habe ich gelernt, einfach selbst aktiv zu werden, wenn ein Geschäftspartner noch unentschlossen ist. Was, wie auch gestern Abend, meistens klappt.«

»Nein, Helmut. Wir müssen …«

»Einen Augenblick, Schatz. Verzeihung, Reeves, was haben Sie gesagt?«

Reeves war also bei Helmut und lauschte ihrem Telefongespräch! Der Mann war einfach unmöglich! Jordan zitterte vor Zorn.

»Jordan, Reeves wünscht dir einen guten Morgen und hofft, dass deine Füße nicht mehr weh tun«, richtete ihr Helmut lachend aus.

Reeves hatte gewusst, dass ihre Füße schmerzten, und war trotzdem beinahe gerannt. »Meinen Füßen geht es gut«, stieß sie knurrend aus. »Aber ich muss jetzt wirklich Schluss machen, Helmut.« Sie würde ganz bestimmt kein persönliches Gespräch mit Helmut führen, während Reeves begierig jedes Wort verfolgte und dabei verächtlich das Gesicht verzog.

»Eins noch, Schatz, bevor du auflegst. Reeves wird mich heute den Großteil des Tages begleiten und Aufnahmen von mir im Büro und auf der Vorstandssitzung machen. Heute Abend würde er dann gern Fotos in einer entspannten typischen Schweizer Umgebung von mir schießen. Ich dachte, wir laden ihn in den Stadtkeller ein. Ich weiß, der Laden ist vor allem für Touristen, aber schweizerischer geht es einfach nicht!«

»Das klingt wunderbar. Ich bin sicher, dass es Mr Grant gefallen wird, doch ich muss euch leider einen Korb geben. Ich …«

»Unsinn. Er hat extra darum gebeten, dass du uns begleitest. Er will, dass auch du auf möglichst vielen Fotos bist, denn schließlich bist du meine zukünftige Frau!«

Verdammt! Reeves hatte offenkundig Spaß an dieser Farce. Sicher war er ein Neil-Simon-Fan und hatte Helmut und sie als unfreiwillige Darsteller in dieser rabenschwarzen Komödie ausersehen. »Helmut, bitte. Ich …«

»Ist etwas nicht in Ordnung, Jordan?« Plötzlich drückte Helmuts Stimme ehrliche Besorgnis aus. »Du klingst schon die ganze Zeit ein bisschen angespannt. Fühlst du dich nicht gut? Vielleicht sollte ich rüberkommen und …«

»Nein!«, erwiderte sie scharf. Das Letzte, was sie

wollte, war, Reeves könnte erfahren, dass sie seinetwegen völlig aus dem Gleichgewicht geraten war. Und genauso wenig wollte sie, dass Helmut die dicken violetten Ringe unter ihren Augen – Zeugnisse dafür, dass sie sich vergangene Nacht schlaflos in ihrem Bett herumgeworfen hatte – sah. Sicher würde er die völlig falschen Schlüsse daraus ziehen. Er würde eine Erklärung für ihre Depression verlangen und ihren Wunsch nach Ruhe nicht verstehen. Wahrscheinlich dächte er, sie wäre hysterisch. Und das hätte ihr jetzt gerade noch gefehlt.

»Nein, alles in Ordnung«, erklärte sie in kindisch quengeligem Ton. »Nur weiß ich einfach nicht, was ich anziehen soll. Schließlich hat bisher noch nie ein so berühmter Fotograf wie Mr Grant Aufnahmen von mir gemacht.« Sie wäre um ein Haar an dieser lächerlichen Ausrede erstickt, Helmut jedoch lachte fröhlich auf.

»Sie macht sich Gedanken darüber, was sie anziehen soll«, sagte er zu Reeves, und vor lauter Ärger hätten ihre schlanken Finger beinahe den altmodischen Telefonhörer zerdrückt. »Liebling, du siehst immer fantastisch aus, aber zieh dich heute Abend ruhig eher lässig an. Wir kommen gegen acht bei dir vorbei. Vorher ist im Stadtkeller bestimmt nichts los. Also, bis dann.« Damit legte er auf, bevor sie eine Antwort geben konnte. Das machte er immer, wenn er fand, dass ein Gespräch beendet war.

Sie legte den Hörer wieder auf und gab die Einkäufe des Paars mittleren Alters aus Sioux Falls, South Dakota, in die Kasse ein. Die Frau kaufte zwei Agatha-Christie-Krimis sowie eine Ausgabe des Magazins *Die sinnliche Frau,* und der Mann legte einen James-Bond-Thriller, die Zeitschrift *Mad* und die gestrige Ausgabe der *Chicago Tribune* vor ihr auf den Tisch. Aber hallo, ging es Jordan durch den Kopf, auch wenn sie nur mit halbem Herzen bei der Sache war.

Bis zum Abend kamen immer wieder einmal Kunden ins Geschäft, alles in allem blieb es allerdings eher ruhig. Es war Ende September, die Sommersaison inzwischen fast vorbei, und bis die ersten Wintersportler kämen, wäre nicht viel los. Sie verkaufte Straßenkarten, Taschenbücher, Zeitungen und Zeitschriften, hörte sich das Gejammer über die lauwarmen Getränke in Europa, den Geschmack und die Gefahren des Leitungswassers, die viel zu engen Straßen (wo in aller Welt waren hier die breiten Fernstraßen wie in den USA?) und die verrückte Art, in der diese »Fremden« Auto fuhren, an. Manchmal hasste Jordan ihre Landsleute. Sie waren allzu häufig rüde, kritisch, aufdringlich und auf eine beinah lächerliche Weise ignorant.

Um sechs machte sie zu, hängte das »Geschlossen«-Schild ins Fenster, zog die Jalousie an der Tür herunter und schleppte sich müde die Treppe hinauf in ihr Bad. Sie hatte noch zwei Stunden Zeit, um sich auf den quälenden Abend vorzubereiten, dachte aber nicht, dass sie je wirklich dafür gewappnet war.

Sie setzte sich in ihre tiefe, schmale Wanne, überlegte unwillkürlich, wie wohl Reeves mit seinen breiten Schultern in die engen Badewannen in Europa passte, und kam zu dem Schluss, dass er wahrscheinlich meistens eher eine Dusche nahm.

Ungeduldig riss sie die Gedanken von ihm los und wandte sie ihrer Garderobe zu. Was sollte sie nur anziehen? Schließlich entschied sie sich für einen weichen Rock aus dunkelgrüner Wolle und einen passenden Pullover, denn der Rock war hübsch gebauscht, modisch gesäumt und passte gut zu ihren Stiefeln aus schwarzem Wildleder. Komplettiert wurde das Outfit durch ein kariertes Schultertuch, an dessen Rändern fünfzehn Zentimeter lange Fransen baumelten. Sie legte sich das dreieckige Tuch über eine Schulter und machte es mit einem breiten goldfarbenen Gürtel auf Taillenhöhe fest. Die Ecken ihres Tuchs reichten beinah bis zum Rocksaum, und in diesem Aufzug sah die biedere »Verkäuferin«, als die Reeves sie bezeichnet hatte, eher wie ein hochbezahltes Model aus. Aber schließlich hatte sie die prachtvolle Kopie des Laurent'schen Schultertuchs auch letztes Jahr in einer Pariser Boutique gekauft.

Sie löste ihren strengen Knoten, schüttelte die Haare aus, bauschte sie ein wenig auf, ließ sie weich auf ihre Schultern fallen und besprühte sich ein wenig mit Norell, als sie mit einem Mal ein lautes Klopfen aus Richtung der Ladentür vernahm. Eilig schnappte sie sich ihren grauen Wildledermantel sowie die zu den Stiefeln passende Tasche und lief hinunter ins Geschäft.

Sie öffnete die Tür, die dabei leise quietschte. »Hallo, Liebling. Ich habe Reeves gerade erzählt, wie gerne ich dich dazu überreden würde, diesen elendigen kleinen Laden und die winzig kleine Wohnung aufzugeben und zu mir aufs Schloss zu ziehen.« Helmut küsste sie züchtig auf die Wange, ergriff ihre beiden Hände und sah nach, ob sie auch seinen Ring am Finger trug. »Aber, bei Gott, sie ist so störrisch wie ein Maulesel und weigert sich, einen Umzug auch nur in Betracht zu ziehen, solange wir nicht verheiratet sind.«

Trotz ihrer Entschlossenheit, Haltung zu bewahren, wurde Jordan puterrot. Helmut hatte sich tatsächlich schon des Öfteren beschwert, weil sie Skrupel hatte, ohne Trauschein bei ihm einzuziehen. Sie hatte behauptet, ihr Verlangen nach Unabhängigkeit wäre der Grund dafür. Tatsächlich aber hatte sie es ganz einfach nicht eilig damit, mit Helmut ins Bett zu gehen. Denn selbst wenn sie die sanften Küsse, die sie seit geraumer Zeit von ihm bekam, durchaus als angenehm empfand, brachten sie ihr Herz aus irgendeinem Grund nicht so zum Singen wie …

Eilig blickte sie auf Reeves und sah, dass er ungläubig das Gesicht verzog. Denk doch, was du willst, hätte sie ihn am liebsten angefaucht. Es stimmt. Ich war noch nie mit ihm im Bett.

Sie hatte sich immer vorgestellt, dass Helmut sie genauso ökonomisch lieben würde, wie er auch seine Geschäfte tätigte. Er käme bestimmt sofort zur Sache und verlöre keine unnötige Zeit. Es wäre kein gemütliches Zusammensein, er würde sie nicht vorher oder nachher streicheln, küssen und liebkosen. Würde nicht …

Sie straffte ihre Schultern, sah ihren Verlobten an – »Hallo, Helmut« –, stellte sich auf ihre Zehenspitzen, küsste ihn zärtlich auf den Mund und wandte sich mit einem Ausdruck des Triumphes im Gesicht an Reeves. »Guten Abend, Mr Grant.«

Er trat auf sie zu, nahm ihre Hand, und abgesehen von Jordans entgeisterter Miene hätte nichts für Helmut darauf hingedeutet, dass er seinen Daumen warm über die Handfläche seiner Verlobten wandern ließ. »Unter den gegebenen Umständen sollten Sie mich wohl eher beim Vornamen nennen, Jordan. Finden Sie nicht auch?«

4

Seine Worte machten sie vollkommen sprachlos, und sie starrte ihn entgeistert an. Dann aber wurde ihr bewusst, dass nur ihnen beiden klar war, von welchen besonderen »Umständen« er sprach.

Wie, um ihre Vermutung zu bestätigen, erklärte Helmut gut gelaunt: »Er hat recht, Jordan. Schließlich wird Reeves während der nächsten Tage praktisch rund um die Uhr mit uns zusammen sein. Und vielleicht will er dich sogar allein fotografieren. Also sollten wir uns vielleicht alle beim Vornamen nennen, findet ihr nicht auch?«

Reeves spöttisches Grinsen war beinahe mehr, als sie ertrug.

Helmut legte ihr fürsorglich ihren Mantel um die Schultern, denn die Abende wurden im Herbst empfindlich kühl. Gemeinsam schlenderten sie durch die schmalen Gassen, bis sie einen Platz erreichten, an dem sein Chauffeur mit der silbernen Mercedes-Limousine stand.

Jordan wurde zwischen beiden Männern auf der samtbezogenen Rückbank eingeklemmt, aber obwohl Helmut ihre Hand hielt, während er den Unterarm auf seinem Oberschenkel ruhen ließ, zog der andere Mann sie beinahe magisch an.

Er trug wieder eine Jeans, dieses Mal jedoch war sie gebügelt und gestärkt. Das karamellfarbene Sakko und das beigefarbene Hemd schmiegten sich an seine breite Brust und seine muskulösen Schultern an. Und trotz der blank polierten Cowboystiefel, die er trug, wirkte er nicht im Geringsten deplatziert, denn augenblicklich liefen in Europa viele Männer und auch Frauen in Jeans und Cowboystiefeln rum.

Als er etwas zu Helmut sagte, beugte er sich etwas über sie, und sie roch den frischen, sauberen Duft seines Rasierschaums und des Aftershaves. Er war maskulin und aromatisch, aber nicht erstickend, sondern wie für ihn gemacht.

Während sich die beiden Männer über Helmuts Unternehmen unterhielten, saß sie einfach schweigend da und hörte zu. Er wirkte intelligent und fachkundig.

Irgendwie war ihre rechte Schulter hinter seiner linken Schulter eingeklemmt, doch es war ein warmes, sicheres Gefühl. Und als er mit seiner linken Hand gestikulierte und dabei den Arm etwas nach hinten zog, strich er dabei flüchtig über ihre Brust.

Jordan hielt den Atem an, sah ihm verstohlen ins Gesicht und merkte, dass der Fotograf nicht weniger elektrisiert und gleichzeitig erschrocken war als sie. Dankbar nahm sie wahr, dass der Wagen sein Tempo verlangsamte. Sie hatten offenbar ihr Ziel erreicht.

Der Stadtkeller war ein beliebtes Restaurant mit angeschlossener Bar im Herzen von Luzern. Praktisch in jeder organisierten Tour kam ein Besuch des Hauses vor. Das Lokal war rustikal, und es herrschte dort immer jede Menge gut gelaunter Lärm. Spezialität des Hauses war Fondue, und während die Gäste kleine Brotstücke in Schüsseln mit geschmolzenem Käse tauchten, traten vorne auf der Bühne Einheimische in Schweizer Trachten auf.

Während die Männer mit dunkelgrünem Leder besetzte wildlederne graue Hosen, langärmlige weiße Hemden sowie Kniestrümpfe mit roten Quasten trugen, traten die Frauen in bunt bestickten Blusen, vor der Brust verschnürten schwarzen Samtmiedern und weit schwingenden Röcken auf. Von der gesunden Bergluft hatten alle volle rote Wangen, und vom Bergsteigen und Skifahren waren die halbnackten Männerbeine äußerst muskulös. Sie sangen, jodelten, tanzten Volkstänze und spielten Alphorn – und die Menge klatschte vor Vergnügen auf.

Reeves drückte mit einem Tempo auf den Auslöser der Kamera, das Jordan bewunderte. Er tauschte Objektive, Filter, Filme mit maschinenartiger Geschwindigkeit und machte Aufnahmen von einem kleinen rotwangigen, blond gelockten Mädchen, das sich, wenn es nicht gerade im Takt der lauten Blasmusik in seine kleinen, dicken Hände klatschte, wechselweise Brot und Schokolade in den hübschen Schmollmund schob.

»Wer weiß«, erklärte Reeves, als er wieder an den

Tisch kam und ihn Helmut damit aufzog, dass er eines kleinen Mädchens wegen quer durch das Lokal gelaufen war, »vielleicht verkaufe ich ja eine Fotoserie über die Alpen an *National Geographic.* Oder sie bringen ein Poster mit der Kleinen raus. Sie wäre auf alle Fälle hübsch genug, und ich werde ja sehen, wie die Bilder geworden sind. Aber vor allem habe ich Kinder schon immer gern fotografiert. Weil sie immer wunderbar natürlich sind.«

Er packte seine Kamera in ihre Tasche, stellte sie auf einen Stuhl, rieb sich gut gelaunt die Hände und machte sich mit großem Appetit über das harte Brot und den zähflüssigen Käse her.

Helmut kippte etwas Weißwein in die Schüssel mit dem Käse, rührte gründlich um, und sie fuhren mit dem Essen fort. Die Stimmung war gelöst, und bald lachten Jordan und er schallend über die abenteuerlichen Geschichten, mit denen Reeves sie unterhielt.

»Wie wäre es mit einem Kaffee, bevor wir Jordan heimbringen?«, wollte Helmut wissen, als das Trio das Lokal verließ.

»Klingt super.«

Helmut bat seinen Chauffeur, ihnen langsam hinterherzufahren, und führte die beiden zu einem direkt am Seeufer gelegenen Lokal. Allerdings war es zu kalt, um noch draußen Platz zu nehmen, und so betraten sie das ruhige, elegante Restaurant, wo der Empfangschef Helmut und auch Jordan kannte und förmlich willkommen hieß.

»Ich weiß, dass Jordan eine heiße Schokolade mochte. Wie steht's mit Ihnen, Reeves?«, fragte Helmut seinen Gast.

»Ich hätte gern einen Kaffee.«

Nachdem der Ober mit ihren Getränken gekommen war, nippte Jordan vorsichtig an ihrem Becher mit dem dampfenden Getränk, auf dem eine dicke weiße Sahnehaube lag. Nirgends schmeckten Milchprodukte besser als hier in der Schweiz.

Sie leckte sich die Sahne mit der Zunge von den Lippen, aber als sie sich zurücklehnte, bemerkte Reeves, dass in ihrem Mundwinkel ein Tropfen Milchschaum hing, streckte ohne nachzudenken eine seiner Hände aus, wischte den Tropfen fort und leckte ihn von seinem Finger ab. Sie lächelten einander an und genossen den intimen, wunderbar vertraulichen Moment, der allein durch einen kurzen Blickwechsel entstanden war.

Helmut zündete sich gerade eine Zigarette an und wusste deshalb nicht, was der Grund für die plötzliche Stille war, die er mit der Bemerkung unterbrach: »Ich habe festgestellt, dass Jordan ein Laster hat. Und zwar ihre Vorliebe für unsere Schweizer Schokolade. Ich fürchte, dass sie deswegen auf ihre alten Tage ziemlich auseinandergehen wird.«

»Das werde ich ganz sicher nicht!«, widersprach ihm Jordan hitzig, und die beiden Männer lachten über ihre Vehemenz. Verlegen wandte sie sich wieder ihrer Schokolade zu und trank sie eilig aus.

»Warum zeigst du Reeves nicht die berühmte Holzbrücke?«, schlug Helmut plötzlich vor.

»Was?«, fragte sie etwas zu schnell.

»Inzwischen kennst du ihre Geschichte genauso gut wie ich«, stellte Helmut fest. »Ich werde hier sitzen bleiben, noch eine Tasse Kaffee trinken und dazu eine Zigarette rauchen, während du Reeves die Brücke zeigst. Du hast sie doch noch nicht gesehen, oder, Reeves?«

Reeves blickte nicht Helmut, sondern Jordan an. Schließlich meinte er: »Nein, das heißt, nur aus der Ferne. Aber ich würde gerne alles wissen, was es darüber zu wissen gibt.«

Jordan bedachte ihn mit einem bitterbösen Blick. »Wir können auch warten, bis du fertig bist, und dann alle zusammen gehen«, schlug sie Helmut vor.

»Liebling, du weißt, dass ich Sightseeing-Touren hasse. Daher sei bitte du so nett und führ unseren Gast für mich herum.«

»Also gut.« Entschlossen stand sie auf. Am besten brächte sie es sofort hinter sich. »Gehen wir«, forderte sie den Fotografen auf und hoffte nur, dass Helmut sich nicht fragte, weshalb ihre Stimme plötzlich einen derart unfreundlichen Klang bekam.

Sie streckte ihre Hand nach ihrem Mantel aus, aber Reeves war schneller, nahm ihn von dem leeren Stuhl und hielt ihn ihr höflich auf. »Wir sind gleich wieder da.« Sie legte eine Hand auf Helmuts Schulter und blickte ihn lächelnd an

»Lasst euch ruhig Zeit.« Er tätschelte ihr väterlich die Hand. »Vielleicht stecke ich mir auch noch eine zweite Zigarette an.«

Reeves hielt ihr die Restauranttür auf, und sie stapfte an ihm vorbei, schob die Hände in die Taschen ihres Mantels, zog wegen der kalten Abendluft die Schultern hoch, lief mutig vor einem hupenden Touristenbus über die Straße und marschierte, sobald er ihr gefolgt war, los.

Reeves hielt sie am Ellenbogen fest. »Führst du Touristen immer im Laufschritt durch die Stadt?«

»Wag es ja nicht, dich über mich lustig zu machen, nach den fürchterlichen Dingen, die du mir erst gestern an den Kopf geworfen hast.«

»Du bist aber nicht gerade gastfreundlich«, fuhr er mit gut gelauntem Singsang fort.

Sie knirschte mit den Zähnen. »Du wolltest die Brücke sehen, also werde ich dir die verdammte Brücke zeigen. Doch warum hast du nicht einfach Helmuts Vorschlag abgelehnt, bist dort sitzen geblieben und hast eine mit ihm geraucht?«

»Ich habe wieder mit dem Rauchen aufgehört«, klärte er sie grinsend auf. »Außerdem will ich die Brücke wirklich sehen.«

Inzwischen hatten sie eine der beiden überdachten Brücken über der Reuss erreicht. Durch den Fluss wurde Luzern in den modernen Teil im Westen und die Altstadt im Osten aufgeteilt. Das klare Wasser rauschte unter ihren Füßen, als sie das alte Holzkonstrukt betrat.

Mit tonloser, gelangweilter Touristenführerstimme setzte Jordan an: »Die Kapellbrücke stammt aus dem Mittelalter. Wie du siehst, weißt der Giebel eine Vielzahl von Paneelen auf. Auf jedem Paneel sind zwei Gemälde angebracht, eins auf jeder Seite. In ihnen werden Ereignisse der Regionalgeschichte dargestellt. Die Gemälde stammen aus dem frühen sechzehnten Jahrhundert.«

»Wirklich interessant«, stellte er trocken fest.

»Der Vierwaldstätter See ist 114 Quadratkilometer groß, und vier Schweizer Kantone grenzen an ihn an. Er ...«

»Jordan«, fiel er ihr harsch ins Wort und drehte sie unsanft zu sich um. »Warum lebst du nicht mit Helmut zusammen?«

»Das geht dich nichts an.« Das Dach der Holzbrücke warf ihre Stimme laut zurück, und ein wenig leiser wiederholte sie: »Das geht dich nichts an.«

»Oh doch.«

»Oh nein.«

»Oh doch, verdammt.«

Er bohrte seine Finger in das Fleisch von ihren Oberarmen, und trotz der dicken Kleidung, die sie trug, tat sein Griff ihr weh. Als sie zusammenzuckte, wurde ihm bewusst, wie fest er sie umklammert hielt, und sofort ließ er sie los. Sie lief weiter, wie wenn er nichts gesagt hätte.

»Warum?«, hakte er nach.

Froh, dass im Moment sonst niemand auf der Brücke war, fuhr sie zu ihm herum. »Weil ich es nicht will. Ich halte nichts davon, mit jemandem zusammenzuleben, ohne mit ihm verheiratet zu sein.« Er zog ungläubig eine seiner ausdrucksvollen Brauen hoch, und sie fügte frustriert hinzu: »Das vorgestern Abend war ein … Unfall. Das hatte weder ich noch du geplant. Es ist einfach … passiert.« Sie sah ihn nicht an, blieb aber wieder stehen. Er zog sie an wie ein Magnet, und sie konnte deutlich spüren, dass er auf sie herunterstarrte, während sie verlegen vor sich auf den Boden sah. »Ich habe dir schon in der Nacht gesagt, dass ich niemand bin, der einfach so mit irgendwelchen Männern schläft. Wenn du mir vorgestern nicht geglaubt hast, wirst du es jetzt auch nicht tun. Aber das ist mir egal.« Was eindeutig gelogen war.

»Liebst du ihn?«

»Helmut?«

»Gibt es vielleicht noch irgendwelche anderen?«

Sie stieß einen verbitterten Seufzer aus. »Nein. Es gibt keine anderen.« Er brachte sie vollkommen aus dem Konzept. Sie konnte nicht klar denken, wenn er so dicht vor ihr stand. Mit zitternden Händen rieb sie sich die Stirn, denn vor lauter Anspannung tat ihr der Schädel weh.

»Ich liebe Helmut nicht. Zumindest nicht auf diese Art. Er ist amüsant, charmant, höflich und, ja, reich. Ich kann nicht leugnen, dass es mir geschmeichelt hat, als er mich umworben hat. Natürlich hat es das. Es hätte jeder Frau geschmeichelt. Aber siehst du denn nicht, dass er sich nur deshalb für mich interessiert, weil ich etwas Neues für ihn bin?« Jetzt sah sie beinahe flehend zu ihm auf. »Er ist wie ein großer Junge, der gern spielt. Er macht ausgedehnte Reisen und kauft ständig irgendwelche neuen Sachen ein. Das ist für ihn wie ein Zwang. Und ich bin für ihn wie ein neues Spielzeug. Ich bin weder reich noch gehöre ich dem Jetset oder wenigstens der besseren Gesellschaft an. Früher oder später wird er meiner überdrüssig sein.«

»Wenn das wahr ist, warum hast du dann je zugestimmt, ihn zu heiraten?«

»Ich habe niemals wirklich *zugestimmt* – ich habe mich nur nicht rundheraus *geweigert.* Da mir klar ist, dass ich nur vorübergehend von Interesse für ihn bin, fand ich das nicht erforderlich. Wenn ich ständig gesagt hätte, dass ich kein Interesse daran habe, seine Frau zu werden, hätte das nur seine Entschlossenheit verstärkt, mich dazu zu bringen, ihn zu heiraten. Verstehst du? Trotz seines altmodischen Charmes kann Helmut ziemlich herrisch sein, wenn er etwas will. Er hört nur, was er hören will, und bisher hat er mir nicht die Chance gegeben, ihm zu sagen, welcher Art meine Gefühle für ihn sind.«

»Und welcher Art sind sie? Ich meine, wie würdest du dich fühlen, wenn er morgen das Interesse an dir verlieren und dich, wie von dir vorhergesagt, einfach fallen lassen würde?«, fragte Reeves.

»Ich habe dir doch schon gesagt, dass ich nie die Absicht hatte, ihn zu heiraten. Ich habe nicht vor, das überhaupt noch mal zu tun.«

»Warum nicht? Wegen Charles?«

»Ja, zum Teil.«

»Zum Teil? Hast du etwa generell etwas gegen die Institution Ehe?«

Sein frommer Ton tat Jordan in der Seele weh. »Nein. Du vielleicht?«, fuhr sie ihn an. »Du bist schließlich auch nicht verheiratet.« Dann kam ihr plötzlich ein erschreckender Gedanke, und sie blickte voller Reue zu ihm auf. »Oder vielleicht doch?«

»Nein. Ich war es mal. Aber das ist lange her.«

»Was ist passiert?«

»Würdest du mich schlagen, wenn ich sagen würde, das geht dich nichts an?«

»Wahrscheinlich«, gab sie lachend zu.

Er stieß ebenfalls ein leises Lachen aus, wurde aber sofort wieder ernst. »Sie konnte nicht verstehen, dass ich nach Vietnam wollte, um dort zu ›knipsen‹, wie sie es formuliert hat. Deshalb hat sie kurz nach meiner Abreise die Scheidung eingereicht. Die Ehe hielt nicht mal ein Jahr.«

»Oh.« Jordan wandte sich ab, trat ans Brückengeländer und starrte in den dunklen Fluss.

»Jordan.« Er stand so dicht hinter ihr, wie es möglich war, ohne dass es zu einer Berührung kam. »Jordan«, wiederholte er.

»Ja?«

»Sieh mich bitte an.«

Nein! Sie wusste, wenn sie ihn jetzt ansähe, würde sie wollen, dass er sie erneut in seine Arme zog. Genau, wie sie sich am ersten Abend ohne Grund davor gefürchtet hatte, ihm die Hand zu geben, fürchtete sie jetzt, ihm ins Gesicht zu sehen. Das, was sie getan hatten, war falsch gewesen, und das war es noch immer. Er hatte seine Arbeit, seinen beruflichen Ehrgeiz und war deshalb ständig unterwegs. Sie hingegen hatte einen winzig kleinen Flecken Erde, auf dem sie zu Hause war und den sie vehement gegen jeden verteidigte, der eventuell eine Gefahr für das fragile Gleichgewicht, das sie mühsam in ihrem Leben gefunden hatte, war.

Er legte ihr die Hände auf die Schultern, drehte sie zu sich herum, legte in einer inzwischen vertrauten Geste eine Hand unter ihr Kinn und hob vorsichtig ihren Kopf, bis sie ihm in die Augen sah. »Ich mag deine Garderobe.«

Der Satz war das Letzte, was sie erwartet hätte.

»Danke.« Eine andere Antwort fiel ihr ganz einfach nicht ein.

»Du siehst angezogen wirklich super aus«, fügte er hinzu. »Auch wenn der Mantel eine Spur zu dick ist. Weil ich darunter deine Figur höchstens erahnen kann.« Er knöpfte ihren Mantel auf und schob seine Hand hinein. »In der Hose und dem Pulli, die du anhattest, als ich zum ersten Mal vor deinem Laden stand, sahst du noch besser aus. Denn das Outfit hat deine Figur ungemein betont.«

Er schmiegte sein Gesicht an ihren Hals, denn, ohne dass er sie darum gebeten hätte, hatte sie den Kopf noch weiter zurückgelegt.

»Reeves«, stieß sie keuchend aus. »Nicht.«

Ihr Protest war derart schwach, dass er mühelos zu überhören war. »Ich kann mich noch genau daran erinnern, wie du mit und ohne deinen pinkfarbenen Pulli ausgesehen hast.« Seine Stimme fing ein wenig an zu zittern, während er mit dem Mund erst über ihre Wange und dann über ihre Lippen strich. Seine Hände glitten vorsichtig unter ihr Tuch, suchten die Rundungen von ihren Brüsten, und als sie sie fanden, stöhnten Jordan und er unisono auf.

Er murmelte an ihrem Haar: »Ich liebe die Art, wie du dich kleidest, die Art, mit der du dich bewegst, liebe es, dir beim Essen und beim Trinken zuzusehen. Vor allem heiße Schokolade. Ich liebe den Klang deiner Stimme, liebe es, wie du dich anfühlst, liebe die Art, mit der du mich berührst. Ich liebe deinen Geruch, den Geschmack von deiner Haut …«

»Reeves, das sollten wir nicht tun. Es ist einfach nicht richtig«, raunte sie an seinem beharrlichen Mund.

»Lass mich dich in den Armen halten und dich küssen. Und dann sag mir, dass ich es nicht soll. Jordan«, krächzte er und schob dabei seine Hände um die weichen Hügel unter ihrem Pulli, »trau dich, mir zu sagen, dass ich es nicht soll. Dass es nicht richtig ist.«

Abermals verschmolzen ihre Münder, und ihr fiel beim besten Willen kein vernünftiger Protest gegen sein Vorgehen ein. Seine Lippen brannten sich in sie hinein, und sie war der festen Überzeugung, dass sie in der Glut des Feuers sterben würde, wenn sie sich nicht umgehend von ihm losmachte. Trotzdem widersetzte sie sich nicht, als er vorsichtig an ihren Lippen sog, bis sie sich vollends seinem Willen unterwarfen, und dann seine Zunge zwischen ihre Zähne schob.

Er genoss ihren Geschmack und plünderte ihren Gaumen, bevor er im nächsten Augenblick beruhigend mit seiner Zunge durch die Mundhöhle glitt. Mit einem Arm zog er sie eng an seine Brust, während die andere weiter unter dem Pullover lag.

»Warum trägst du diesen dämlichen BH?«, knurrte er an ihrem Ohr und knabberte an ihrem Ohrläppchen.

»Ich …«

»Egal. Ich kann dich trotzdem fühlen.« Was er durch die Bewegung seiner neugierigen Finger eindeutig bewies.

»Reeves?« Sie brachte kaum ein Wort heraus, so fein war das Netz der Leidenschaft, das er um sie wob.

»Ja?«

»Reeves?«, keuchte sie.

Das Echo dröhnender Schritte hallte durch die Dunkelheit, und einen Moment später hörten sie auch Helmuts Stimme. »Jordan? Reeves?«

Sie sahen einander an und wurden starr.

Reeves blieb völlig ruhig und ungerührt. Er wartete auf ihre Reaktion.

Jordan ihrerseits war alarmiert. Auch wenn sie Helmut nicht von Herzen liebte, wollte sie ihn nicht verletzen oder gar erniedrigen. Seine Persönlichkeit hätte einen solchen Hieb wahrscheinlich nicht verschmerzt.

Sie machte einen Satz zurück, strich sich die Kleider glatt und lief eilig ein paar Schritte in die Richtung, aus der Helmuts Stimme kam. »Wir sind hier.«

»Ihr beiden wart so lange fort, dass ich schon die Befürchtung hatte, ihr hättet euch verirrt«, stellte er scherzhaft fest, während er in das Licht einer Laterne trat.

»Nein, wir … ich habe Reeves gerade eine der Legenden von Wilhelm Tell erzählt«, log sie nervös.

Dem selbstbewussten Helmut fiel die Anspannung seiner Verlobten gar nicht auf. »Du scheinst du frieren, Schatz. Du zitterst wie Espenlaub. Knöpf am besten deinen Mantel zu. Vielleicht sollten wir dich heimbringen. Hat Ihnen die Tour gefallen, Reeves?«

Es gab eine unerträglich lange Pause, ehe er ihm eine Antwort gab. Jordan sah ihn flehend an und war erschreckt, als sie das kalte Blitzen seiner grünen Augen sah. »Ja«, antwortete er. »Sie war sehr informativ und unterhaltsam. Wobei ich mir nicht sicher bin, ob alles stimmt, was Jordan mir erzählt hat. Sie hat mir ein paar haarsträubende Geschichten aufgetischt.«

Ihr stockte der Atem. *Warum* hatte er ihr nicht geglaubt?

Helmut lachte leise auf. »Zugegeben, einige Geschichten über unsere einheimischen Helden klingen ziemlich weit hergeholt.«

»Das können Sie laut sagen«, stimmte der Fotograf ihm zu.

Dann erklärte er, er ginge lieber zu Fuß zurück in sein Hotel, und ließ die beiden anderen am Rand der Brücke stehen.

»Glauben Sie, dass Sie Probleme haben werden?«, fragte Jordan den jungen Mann in besorgtem Ton.

Er sah sie mit einem selbstbewussten Lächeln an. »Ich glaube, ich werde es schaffen, den Laden während Ihrer Abwesenheit zu schmeißen, Mrs Hadlock.«

Er war einer von Helmuts Angestellten, der in einem der Büros als Buchhalter beschäftigt war. Helmut hatte sie am Vorabend darüber informiert, dass er sie zum Frühstück erwartete.

»Reeves und ich haben einen Ausflug auf den Pilatus geplant«, hatte er erklärt.

»Helmut«, war sie ihm ins Wort gefallen, »ich habe ein Geschäft, das ich nicht einfach nach Belieben schließen kann. Du und Reeves müsst morgen also bitte ohne mich auskommen.«

Das, was auf der Brücke vorgefallen war, hatte sie erbost und aufgeregt. Und jetzt wurde ihr mit einem Mal erzählt, sie müsste nochmals einen ganzen Tag in Gesellschaft des Mannes ertragen, der sie nicht nur regelmäßig beleidigte, sondern auch noch jede Menge Häme über sie ergoss. Erst offenbarte sie ihm ihre verborgensten Gefühle, und er lauschte ihr mit offenbar ehrlichem Mitgefühl. Dann küsste er sie so, als ob er sterben müsste, ließe er auch nur eine Sekunde von ihr ab. Und dann, wenn das Verlangen, das er absichtlich in ihr entfacht hatte, sie am ganzen Leib erbeben ließ, stieß er sie plötzlich fort, nannte sie eine Lügnerin – und Schlimmeres.

Sie hatte ein für alle Mal genug von diesem Kerl.

Sie wollte ihn nie wiedersehen und ganz sicher keinen ganzen Tag mit ihm zusammen sein. »Ich kann morgen hier nicht weg«, hatte sie deshalb noch hinzugefügt.

»Natürlich kannst du das«, hatte Helmut in seiner gewohnt herablassenden Art erklärt. »Ich schicke jemanden rüber, der deinen kleinen Laden für dich führt. Du kannst also den ganzen Tag lang spielen, ohne dass du dir Gedanken machen musst.«

Plötzlich hatte sie die Art, in der er sie manipulierte, fürchterlich gestört. Wenn er bereits derart mit ihr umsprang, wenn sie nur mit ihm verlobt war, wie behandelte er dann erst eine Ehefrau? Seine herablassende Bemerkung über ihren »kleinen Laden« war eine Beleidigung. Denn er lief hervorragend. In dem Unternehmen wurde die Filiale, die sie leitete, den anderen als Vorbild hingestellt. Der Service, den sie englischsprechenden Touristen bot, erfüllte sie mit Stolz. Weshalb schmälerte er das?

»Ich will aber morgen keinen Ausflug machen, Helmut. Ich werde hier gebraucht«, hatte sie starrsinnig festgestellt. »Vielleicht bildest du dir ein, dass diese Buchhandlung nichts im Vergleich zu deinem Unternehmen ist, mir selber liegt allerdings sehr viel daran.«

»Jordan, Jordan«, hatte er gemurmelt. »Ich habe dich beleidigt, und das tut mir leid«, hatte er in einem Ton hinzugefügt, als spräche er mit einem Kind im Trotzalter. »Aber sei doch bitte nicht so stur. Bitte, Liebling. Wenn du uns nicht begleitest, wird Reeves denken, dass du ihn nicht magst oder dich nicht gern fotografieren lässt. Wenn du meine Frau wirst, Jordan, stehst du dagegen überall im Rampenlicht.«

Es wäre der perfekte Augenblick gewesen, um ihm zu erklären, dass sie nicht die Absicht hatte, seine Frau zu werden, und ihm auch den dicken Ring zurückzugeben, der bleischwer an ihrem Finger steckte. Stattdessen hatte sie nur noch an seine Feststellung gedacht, dass Reeves vielleicht dächte, sie würde ihn nicht mögen. Oder sie würde sich nicht gern fotografieren lassen. Natürlich dächte er das nicht, aber vielleicht würde er aus ihrer Absage schließen, dass sie ein Feigling war. Wenn sie nicht mit auf diese Foto-Session ginge, dächte er womöglich, sie versteckte sich aus Feigheit oder Scham vor ihm. Und diese Genugtuung hatte der Fiesling nicht verdient.

»Also gut, Helmut«, hatte sie zugestimmt, und er hatte sie mit aus seiner Sicht Leidenschaft entfachender Sanftheit auf den Hals geküsst. »Ich komme morgen mit. Wo und wann treffen wir uns?«

Er hatte ihr die Uhrzeit und den Ort genannt, und jetzt gab sie seinem Angestellten ein paar letzte Anweisungen und ging mit der Befürchtung los, dass die Verkäufe des Tages vielleicht höher ausfielen als je zuvor und der Laden in einem besseren Zustand wäre, als er von ihr verlassen worden war.

Sie bahnte sich ihren Weg durch das Gewirr der Gassen und hängte sich dabei ihre pelzbesetzte Skijacke über den Arm. Es war ein heller, klarer Morgen, doch sie wusste, oben auf dem Berg würde es deutlich kälter sein, und deshalb hatte sie sich darauf vorbereitet. Eine schwarze Cordhose schmiegte sich wärmend an ihre Beine an, ein roter Rolli schmeichelte der sanften Schwellung ihrer Brüste, und in ihrer Jackentasche steckte eine Mütze, falls sie oben auf dem Gipfel trotz der dicken Kleider fror.

Treffpunkt war ein Restaurant. Die beiden Männer saßen schon am Tisch und machten sich mit großem Appetit über ein herzhaftes amerikanisches Frühstück her. Jordan trank nur eine Tasse Kaffee, gönnte sich dann aber noch einen Becher dampfenden Kakaos, auf dem ein regelrechter Berg frisch geschlagener Sahne schwamm.

Auch die Männer hatten für den Ausflug lässige Garderobe ausgewählt, wobei Helmuts Vorstellung von »lässig« in einer maßgeschneiderten Hose, einem Kaschmirpulli, einem Sakko und darüber einem Mantel aus silbrigem Seehundfell bestand. Reeves sah aus, als wollte er sich in den Sattel eines wilden Mustangs schwingen. Abgesehen von einem Stetson trug er alles, was man Cowboys in den alten Western tragen sah. Während Helmut nach dem Essen eine Zigarette rauchte, ging er seine Ausrüstung noch einmal durch.

Er hatte Jordan herzlich in Empfang genommen, als sie angekommen war, und ihr sogar wie ihr Verlobter einen Wangenkuss verpasst. Weil man schließlich in Europa war. Hier küssten sich die Leute ständig auf die Wangen. Weshalb Helmut keinen Anstoß daran nahm, dass auch Reeves das tat. Tatsächlich war er sogar froh, da der Fotojournalist seine zukünftige Frau attraktiv zu finden schien.

Jordan aber hatte die Begrüßung nicht so einfach weggesteckt. Ihr Herz war in ihrem Hals herumgestolpert, und sie hatte sich kerzengerade halten müssen, denn sonst hätte sie sich bei dem Kuss zärtlich an Reeves angeschmiegt.

Auch er hatte sich beherrschen müssen, weil er sie am liebsten eng an seine Brust gezogen und begehrlich auf den vollen Mund geküsst hätte. Der flüchtige Geschmack von ihrer Haut hatte ihm Appetit gemacht, und es verlangte ihn nach mehr.

Das Trio verursachte einiges Aufheben, als es am Fuße des Pilatus die Panorama-Gondelbahn bestieg. Helmuts Chauffeur bahnte ihnen einen Weg durch das Gedränge, und sowohl die Einheimischen als auch die Touristen waren von Reeves Grant und seinen Kameras in höchstem Maße fasziniert.

Er legte seine Ausrüstung auf einen der vier Stühle in ihrer Kabine und nahm Helmut und Jordan gegenüber Platz.

»Wie lange wird die Fahrt dauern?«, fragte er und hielt sich seinen Belichtungsmesser vors Gesicht.

»Ungefähr zwanzig Minuten«, antwortete Helmut ihm. »Dann steigen wir an einer Station auf halbem Weg den Berg hinauf in eine größere Seilbahn, in deren Kabine ungefähr vierzig Personen passen, um und fahren bis zum Gipfel rauf. Alles in allem sind wir circa eine Dreiviertelstunde unterwegs.«

Als ihre Kabine einen Satz nach vorne machte, sah der Fotograf ein bisschen grün um die Nase herum aus. Sie lösten sich vom Boden und schwebten den Berg hinauf, der über die Stadt Luzern und den Vierwaldstätter See zu wachen schien.

Reeves tauschte mehrfach die Objektive aus, drehte an den Blenden, wechselte die Filter und machte ein Foto nach dem anderen von dem Paar, das ihm gegenübersaß. Wobei er sich die ganze Zeit mit ihnen unterhielt, bis sie nicht mehr daran dachten, dass dies eine Foto-Session war. Während Jordan sich entspannte und begann, sich zu verhalten wie sonst auch, erkannte sie, wie ungeheuer talentiert er war.

»Sie sind beide wirklich fotogen«, erklärte er zufrieden, während er die Kamera nach einem neuerlichen Filmwechsel wieder in ihre Tasche schob. »Ich werde noch ein paar Aufnahmen machen, wenn wir oben sind.«

»Drehen Sie sich mal um«, forderte ihn Helmut auf. »Der Blick auf den See ist einfach spektakulär. Rechts von sich sehen Sie mein Schloss.«

Jordan kam es vor, als würde er kurz zögern, ehe er auf Stadt und See hinuntersah.

»Ja, wirklich wunderschön«, erklärte er gepresst, drehte sich aber sofort wieder nach vorne um.

Jordan musste ein Kichern unterdrücken. Der Mann hatte tatsächlich Höhenangst! Statt sich noch einmal umzudrehen, starrte er vor sich auf den Berg, der hinter Helmut und ihr lag.

Ab und zu hörten sie eine Gruppe Wanderer, die

den Berg zu Fuß erklomm. Dann beugte sich Jordan über das Geländer der offenen Kabine, winkte ihnen und rief ihnen Grüße in diversen Sprachen zu. Reeves jedoch saß reglos wie ein Stein auf seinem Stuhl und umklammerte die Lehnen derart fest, dass man das Weiß von seinen Knöcheln sah.

Dann erreichten sie die mittlere Station und brauchten nicht lange zu warten, bis die größere Gondel kam. Zusammen mit den anderen Touristen gingen sie an Bord, und sofort suchte sich Helmut einen Platz direkt an einem der großen Fenster und blickte hinaus.

Reeves blieb in der Mitte der Kabine stehen, hielt sich dort an einer Stange fest, und Jordan sah ihn lächelnd an. »Du hättest sagen sollen, dass du Höhenangst hast«, zog sie ihn leise auf.

»Ich habe keine Höhenangst, sondern Höhenpanik«, räumte er mit einem verächtlichen Lachen ein.

»Wenn du willst, steigen wir wieder aus.«

Er sah aus dem Fenster der Kabine Richtung Berggipfel und musste schlucken. Die Spitze des Berges war in Nebel eingehüllt, und das erschreckend dünne Seil, das in seinen Augen aussah wie ein Faden, verschwand im weißen Nichts.

»Nein. Sobald wir wieder festen Boden unter den Füßen haben, ist alles okay. Ich komme nur nicht damit klar, wenn ich in der Luft hänge.«

»Aber du fliegst doch ständig in der Weltgeschichte rum. Wie schaffst du das?«

»Anfangs mit einer großzügigen Dosis Scotch.

Dann habe ich allerdings gelesen, dass sich viele Leute an Bord von Flugzeugen derart betrinken, dass sie im Falle eines Unfalls nicht mal mehr versuchen können, sich zu retten. Das hat mich noch mehr erschreckt. Deshalb klammere ich mich inzwischen einfach immer an den Lehnen meines Sitzes fest.« Er sah sie mit einem jungenhaften Grinsen an. »Außer, irgendjemand gibt mir seine Hand, an der ich mich festhalten kann.«

Er griff unter den Parka, den sie sich erneut über den Arm gehängt hatte, und drückte ihre Hand. Sie erwiderte den Druck, und sie sahen einander lächelnd an. Dann blickte Reeves auf Helmut, der sich mit zwei jungen Frauen unterhielt. Offenbar Touristinnen, denn ihre großen Augen machten deutlich, dass der wunderbare Ausblick, der sich ihnen bot, etwas Ungewohntes für sie war.

Er stellte seine Tasche mit den Kameras zu seinen Füßen ab und richtete sich wieder auf, wobei er wie zufällig mit seinen Lippen über ihre Wange strich.

»Reeves!«, schalt sie ihn leise. »Wenn dich Helmut sieht …«

5

»Er achtet kaum auf dich. Wird er niemals eifersüchtig?«

Sie sah auf ihren Verlobten, der die beiden jungen Frauen mit seinem strahlenden Lächeln glücklich machte, und schüttelte den Kopf. »Nein. Er ist viel zu selbstbewusst, um auch nur auf den Gedanken zu kommen, ich könnte mich für einen anderen interessieren.«

»Dann ist er ein Narr«, stellte Reeves mit einem solchen Nachdruck fest, dass sie überrascht in seine grünen Augen sah, in denen ein Gefühl blitzte, das nicht zu benennen war. »Kein Mann sollte sich einer schönen Frau je sicher sein.«

Sein Blick fiel auf ihren leicht geöffneten Mund. Ihre zarte pinkfarbene Zunge lag direkt unter der Reihe kleiner weißer Zähne, und ihr herrlicher Geschmack war ihm noch genauestens in Erinnerung. Er hatte bereits viele Frauen auf der ganzen Welt geküsst. Doch nachdem ein Kuss geendet hatte, hatte er nie mehr daran zurückgedacht.

Was bei Jordan anders war. Er wusste ganz genau, was für ein Gefühl es wäre, wenn er ihr jetzt die Zunge in den Mund schieben würde. Nachdem sie ihre anfängliche Vorsicht über Bord geworfen hatte, hatte es ihn überrascht, wie ungezügelt ihre Reaktion auf ihn gewesen war. Und sie hatte sie ganz eindeutig nicht bewusst zur Schau gestellt. Es war, als hätte Jordans Leidenschaft lange Zeit geruht, wäre dann aber mit einem Mal erwacht, wobei er der glückliche Befreier ihrer Lust gewesen war.

Oder hatte auch das zu ihrem Spiel gehört? Er sah ihr wieder ins Gesicht, nahm allerdings keinerlei Unehrlichkeit darin wahr. Er war sich sicher, dass sie sich nicht widersetzte, wenn er sie jetzt in seine Arme nehmen würde. Aber was würde es ihr bedeuten? Spielte sie ein Spiel mit ihm? Wusste sie, wie groß ihre Macht über sein Herz und seinen Körper war?

Unbewusst entfuhr es ihm: »Du bist eine wunderschöne Frau.«

Ein winziges Zittern erschütterte ihren wohlgeformten Mund. »Findest du?«

»Ja. Und du hast wirklich Mut. Dies war bereits das zweite Mal, dass du mir das Leben gerettet hast. Erst während eines Unwetters, und jetzt hier auf diesem trügerischen Berg«, erklärte er ihr scherzhaft, und sie gab im selben Ton zurück: »Diese geheizte, komfortable, hochmoderne Seilbahn kann man ja wohl kaum als trügerisch bezeichnen.«

»Dagegen konnte einem das Gewitter wirklich Angst machen.«

»Ja«, räumte sie ein. »Aber ich sage immer: ›Während eines Sturms ist einem jeder Hafen recht‹.«

Lachend schüttelte er den Kopf. »Wohl kaum. Wenn du ein altes, grauhaariges Mütterlein gewesen wärst, hätte ich mich wohl kaum … auf diese Art bei dir … bedankt.«

»Dann war das also nur ein Zeichen deiner Dankbarkeit?«

Er lächelte noch immer, doch sein Gesichtsausdruck veränderte sich leicht. Er wurde herzerweichend zärtlich und vertraut. »Nein. Dankbarkeit hatte, wenn überhaupt, nur sehr wenig damit zu tun.«

Sie stießen leicht zusammen, als die Seilbahn ruckartig zum Stehen kam. Reeves entfuhr ein leises Stöhnen, während sie mit der Hand, die unter ihrer Jacke nach wie vor in seiner lag, gegen seinen Körper stieß. Sie selbst atmete hörbar ein und bedachte ihn mit einem schuldbewussten Blick, nachdem sie gemerkt hatte, wo die Hand gelandet war. Die anderen Passagiere, die in Richtung Ausgang drängten, bildeten einen engen, zappeligen Kreis um sie, und für einen langen, schmerzlichen Moment waren sie eingezwängt.

»Tut mir leid«, wisperte sie und blickte scheu in sein Gesicht. Ihre Wangen waren flammend rot.

»Mir nicht.« Er verzog den Mund zu einem provokativen Grinsen, das ihr Herz beinahe schmerzlich gegen ihre Rippen schlagen ließ.

Nachdem das Gedränge etwas abgenommen hatte, zog Reeves seine Hand zurück und sie gingen auf die Schiebetür der Seilbahn zu. Helmut küsste den beiden jungen Mädchen nonchalant die Hände, wünschte ihnen auf Französisch schöne Ferien, und die beiden klapperten mit ihren Wimpern und winkten ihm zum Abschied zu. »Da seid ihr ja«, stellte er fest, als er Jordan und Reeves aus der Kabine kommen sah. »Ich hatte eine äußerst angenehme Fahrt. Diese beiden jungen Frauen waren wirklich nett. Ich hoffe, ihr habt euch ebenfalls amüsiert.«

Jordan musste husten, aber Reeves erklärte gut gelaunt: »Es war wirklich aufregend.«

Jordan wusste ganz genau, wovon er sprach. Er sah sie mit verschwörerisch blitzenden Augen an, und ein verstohlenes Lächeln huschte über ihr Gesicht.

Wolken verhüllten den Gipfel des Pilatus, und wenn man sich nicht bewegte, schlug einem ein feiner, kalter Nieselregen ins Gesicht. Doch die karnevaleske Stimmung wurde durch das schlechte Wetter nicht getrübt. Aus den an den Laternen montierten Lautsprechern drang fröhliche Musik. Touristen liefen hin und her, stöberten in Souvenirgeschäften, bestellten belegte Brote und Getränke in der Snackbar und wetteiferten um die Tische, an denen man im Freien saß.

Eine melodiöse Stimme gab in verschiedenen Sprachen die Abfahrtszeiten der Seilbahnen bekannt.

Reeves zückte seine Kamera und machte Aufnahmen von Helmut vor den schneebedeckten Gipfeln, die man in der Nähe und auch in der Ferne sah.

Nach getaner Arbeit suchten sie sich einen freien Tisch im Restaurant, und Helmut bestellte Cappuccino für sie drei.

»Jetzt kann ich damit angeben, dass ich auf einem Alpengipfel war«, stellte Reeves zufrieden fest.

»Nicht ganz«, schränkte Helmut grinsend ein.

»Bitte?«

»Auf den eigentlichen Gipfel kommt man über eine vielleicht zwanzig Meter lange Treppe. Oben gibt es eine Plattform, von dort aus hat man einen wunderbaren Blick«, erklärte Jordan ihm.

Reeves wirkte nicht besonders interessiert, und so drängte sie: »Na, los. Lasst uns raufgehen.«

»Ich soll auf die Plattform klettern?«, fragte er sie alarmiert.

»Ja!«

Er bedachte sie mit einem bösen Blick und murmelte: »Ich glaube nicht.«

»Sie sollten wirklich ganz nach oben gehen«, stimmte Helmut Jordan zu. »Die Aussicht ist einfach spektakulär.«

Reeves zögerte noch immer und hob seine Tasse an den Mund. »Ich …«

»Sie haben doch wohl keine Angst?«, forderte Jordan ihn heraus.

»Nein«, knurrte er.

»Tja, dann lasst uns gehen.« Sie stand entschlossen auf und hüllte sich erneut in ihre Jacke, die sie sofort angezogen hatte, als sie aus der Seilbahn gekommen war. Außerdem zog sie auch ihre Mütze aus der Tasche, setzte sie sich auf den Kopf und schob sie möglichst tief in ihre Stirn.

Reeves hatte einfach keine andere Wahl. »Also gut«,

grummelte er, erhob sich ebenfalls und zog seine gefütterte Lammfelljacke an.

»Kommst du?«, wollte Jordan von Helmut wissen, als er sitzen blieb.

»Nein, geht ihr Kinder ruhig allein. Der Arzt hat mir erklärt, dass ich es in meinem Alter etwas ruhiger angehen lassen soll.«

Reeves und Jordan lachten. Er sah nicht gerade hinfällig aus, wie er mit übereinandergeschlagenen Beinen vor der Tasse dampfend heißen Cappuccinos saß und lässig einen seiner Gucci-Slipper baumeln ließ.

Während Jordan ihn beinahe gewaltsam aus dem Café zog, hängte sich Reeves die Kamera um den Hals. »Am liebsten würde ich dich erwürgen. Ich will nicht auf diese blöde Plattform«, schnauzte er, während sie in Richtung der Treppe liefen, über die man bis zum Gipfel kam.

»Du hast gesagt, du hättest keine Angst, solange du festen Boden unter den Füßen hast.«

»Das war gelogen.«

»Keine Sorge. Die Plattform schwankt wirklich nur ein bisschen hin und her, und der nächste Felsvorsprung ist nur dreihundert Meter unter dir.«

Als er sichtlich erbleichte, zerrte sie ihn lachend hinter sich her.

Nachdem sie ungefähr die halbe Treppe erklommen hatten, blieben sie kurz stehen, sogen die dünne Luft in ihre Lungen ein, und er bedachte sie mit einem ernsten Blick, legte ihr die Hände auf die Schultern und bat sie in feierlichem Ton: »Jordan, ich möchte, dass du eines nicht vergisst, falls mir irgendwas passiert.«

»Reeves …«

»Versprich es mir«, bat er sie eindringlich.

»In Ordnung«, sagte sie ihm zu. »Ich verspreche es.«

»Falls ich von diesem Berg herunterpurzele, versuch, dir meine Kamera zu schnappen und ein Bild davon zu machen, ja?«

Sie ließ ihren Arm nach vorne schießen, um ihm einen spielerischen Fausthieb zu verpassen, woraufhin er ihr fröhlich lachend auswich, ihre trommelnden Fäuste mit der linken Hand packte und sie mit der Rechten eng an seine Brust zog.

»Du Schuft! Ich dachte, du meinst es ernst.«

»Ich habe es auch ernst gemeint. Mit dem Bild würdest du wahrscheinlich den Pulitzer-Preis gewinnen.«

Schnaubend wandte sie sich ab, aber sie beide lachten, als er weiter hinter ihr über die Treppe in Richtung Gipfel stieg.

Nachdem sie oben angekommen waren, sah Reeves sich einmal flüchtig um, murmelte: »Sehr schön«, und wandte sich wieder zum Gehen.

Jordan packte ihn am Arm. »Nichts da. Schließlich bin ich nicht den ganzen Weg umsonst heraufgekommen.« Oben auf dem Gipfel war es merklich kühler, deshalb machte sie den Reißverschluss ihrer Jacke zu, stopfte ihre Hände in die gefütterten Taschen, lehnte sich rücklings gegen das Geländer und atmete die kalte Luft so tief wie möglich ein.

»Bleib, wo du bist«, wies Reeves sie an und hob die

Kamera vor sein Gesicht. Er trat dichter an sie heran, machte einen Schritt zurück, hielt die Nikon erst horizontal, dann vertikal und machte ein Bild nach dem anderen von ihr. Jordan liebte es, ihm dabei zuzusehen. Die Art, wie er in die Hocke ging, sich auf Zehenspitzen stellte, sich nach hinten lehnte und die Hüfte etwas vorschob oder sich nach vorne beugte, ließ ihn wie einen Balletttänzer wirken.

»Du bist unglaublich fotogen. Ich liebe dich in diesem Rot. Es hebt sich fantastisch von dem weiß-schwarzen Pelzkragen der Jacke ab. Der Pulli und die Mütze vor dem grau-weißen Hintergrund sehen einfach super aus …« Er brach ab und machte noch eine Reihe Aufnahmen von ihr. »Die Kälte hat deine Wangen rosig gemacht, und die schwarzen Strähnen, die sich unter der Mütze hervorgeschoben haben, sehen fantastisch aus. Jetzt atme aus, damit ich den Dampf vor deinem Gesicht habe. Toll. Dreh den Kopf etwas nach links. Genau. Kinn ein bisschen runter. Lächeln. Und jetzt ernst. Klasse. Perfekt.«

Als der Film voll war, drückte er die Kappe wieder vor das Objektiv und trat vorsichtig auf das Geländer zu.

»Vielleicht gefällt es Helmut nicht, so viele Bilder von mir in einem Artikel über sich zu sehen«, stellte Jordan fest.

Reeves schob sich näher an sie heran und blieb stehen, bevor er ihr erklärte: »Helmut wird diese Bilder gar nicht zu Gesicht bekommen. Sie sind nur für mich bestimmt.«

Dann küsste er sie auf den Mund. Sie tat noch nicht mal so, wie wenn sie es nicht wollte, sondern schmiegte sich willig an ihn an, legte ihren Kopf zurück und nahm seine Lippen in Empfang.

Ihrer beider Atem bildete kleine Kristalle in der kalten Luft. Sein Mund war heiß, als er ihn öffnete, und schmeckte noch nach dem Brandy, mit dem ihr Cappuccino verfeinert worden war.

Sie schob ihre Hände unter seine Jacke, die noch offen war, ließ sie über seinen Rücken gleiten und erforschte die stahlharten Muskeln unter seinem weichen Hemd.

»Ich gebe dir eine Viertelstunde Zeit, um damit aufzuhören«, sagte er an ihrem Mund, ohne dass er die Liebkosung ihrer Lippen unterbrach.

»Ich höre jetzt schon wieder auf«, antwortete sie und machte sich wieder von ihm los. Die Leidenschaft des Kusses nahm sekündlich zu, und schließlich waren sie beide nicht allein auf dem Plateau.

»Verdammt!«

Lachend fragte sie: »Was war die schlimmste Situation, in der du dich im Rahmen deiner Arbeit je befunden hast?« Sie hielt es für besser, wenn sie über ein unverfängliches Thema sprechen würden, denn noch immer strichen seine Hände verführerisch über den Kragen von ihrem Anorak.

»Wow, das ist eine schwere Frage. Vietnam war die Hölle. Oder hat sich auf jeden Fall so angefühlt. Und auch so gerochen. Auch Kambodscha war echt fürchterlich. Aber ich schätze, die schlimmste Situation gab es in El Salvador. In meinem ganzen Leben habe ich nie wieder solche Angst gehabt. Jeder schoss auf jeden, und erst anschließend wurde danach gefragt, wer auf welcher Seite stand.«

»Warum machst du diese Arbeit, Reeves? Auch Journalisten werden umgebracht, genau wie Soldaten.« Sie erschauderte, als sie sich vorstellte, dass er blutend und verletzt irgendwo lag.

Er zuckte mit den Schultern. »Keine Ahnung. Es ist wie ein Zwang, den ich nur schwer erklären kann. Wenn ich mich nicht mitten ins Geschehen stürze, kriege ich vielleicht nicht das beste Bild, *das* Foto des Jahrzehnts, wie das von den Soldaten, die die Flagge auf Iwoyima gehisst haben.«

Obwohl sie nicht wirklich verstehen konnte, was ihn trieb, schüttelte sie nachdenklich den Kopf. »Ich weiß, du hast schon angesehene Preise für deine Arbeit eingeheimst, aber was ist dein Lieblingsbild – das Bild, das *dir* besser als alle anderen gefällt?«

»Das habe ich noch nicht gemacht.«

So, wie er sie gegen das Geländer drückte, und so, wie er sprach, hätte sie wissen sollen, dass er in Gedanken schon bei einem völlig anderen Thema war.

»Mein Lieblingsbild wird eins von dir sein. Nackt.«

»Reeves!«, quietschte sie und sah sich hastig um. Hoffentlich war niemand in der Nähe, der ihre Sprache sprach.

»Lass mich überlegen, wie werde ich es machen?«, fragte er sie mit gespielter Objektivität. Und kniff nachdenklich ein Auge zu. »In einem Blumenfeld? Nein, das wäre zu süß, zu unschuldig.«

»Na, vielen Dank. Ich …«

»Vielleicht, wenn du mit über dem Kopf ausgestreckten Armen auf dem Rücken auf einem schwarzen Satinlaken liegst«, überlegte er laut.

»Reeves, würdest du wohl bitte …«

»Nein, das wäre zu … lasziv. So bist du nicht. Das wäre nicht dein Stil. Lass mich sehen.« Er starrte sie mit zusammengekniffenen Augen an, und ihr wurde siedend heiß.

Das Thema war viel zu verfänglich, und sie sollte hier nicht stehen und ihn so über sich reden lassen. Aber der Gedanke, für ihn zu posieren, war auf verruchte Weise attraktiv und aufregend.

»Ich weiß. Du wirst auf einem breiten Bett liegen. Und ich werde dich durch einen dünnen Gazevorhang fotografieren, damit du möglichst ätherisch wirkst. Du wirst auf der Seite liegen und die Kamera ansehen. Solltest du unter einem dünnen Laken liegen oder völlig nackt sein?«, überlegte er. »Ich denke, völlig nackt. Einen Arm wirst du vor dir ausstrecken und den anderen über deinen Brüsten falten. Oder eher über einer Brust …«

»Reeves.« Stöhnend vergrub sie ihr Gesicht an seinem Hemd.

»Dein Haar wird zerzaust sein, als wärst du gerade davon wach geworden, dass jemand hereingekommen ist. Dein Geliebter. Und deine Augen werden groß sein und ihn fragen, ob er mit dir schlafen wird. Obwohl du die Antwort bereits weißt.« Seine Stimme hatte einen rauen Klang bekommen, und er hatte sein Gesicht dicht über sie gebeugt. »Die Antwort ist: ›Ja!‹ Ja.«

Hungrig presste er seine geöffneten Lippen abermals auf ihren Mund, zog sie an seine Brust, durchdrang die Barriere ihrer Zähne und erforschte jede honigsüße Vertiefung, auf die er mit der Zungenspitze traf. Ein unbefriedigtes Knurren drang aus seiner Kehle, als er sie noch enger an sich zog. Sie rang nach Luft, und selbst seine von Verlangen umnebelten Sinne spürten, dass dieses Geräusch kein Ausdruck des Verzückens war. Eilig trat er einen Schritt zurück. »Was ist?«

»Deine Kamera«, heulte sie jämmerlich.

Er sah an sich herab und bemerkte, dass der Fotoapparat direkt vor ihren Brüsten hing. »Tut mir leid. Das habe ich nicht bemerkt.«

»Ich auch erst nach einem Augenblick.« Sie stellte sich auf die Zehenspitzen und küsste ihn eilig auf den Mund. »Wir müssen gehen, Reeves.«

Er blickte in die Ferne, wo die Alpen in den Himmel ragten, und stimmte voll Bedauern zu: »Ich weiß. Ich …« Plötzlich aber brach er ab und spitzte angestrengt die Ohren. »Was zum Teufel ist das?«

Jordan hatte das Geräusch ebenfalls gehört und sah ihn lächelnd an. Zu seinem Entsetzen trat sie wieder ans Geländer, beugte sich darüber und blickte sich suchend um. Er hatte keine Ahnung, was sie sich davon versprach, denn sie wurden durch eine dichte Wolkenwand von der Erde getrennt. »Was …«

»Da!«, rief sie ihm zu. »Komm schnell her, bevor sie

wieder in den Wolken verschwinden.« Sie streckte einen ihrer Arme aus, und zwischen den weißen Wolken nahm er eine beachtliche Herde Kühe auf einer grünen Wiese wahr.

»Rinder?«, fragte er verwirrt.

»Milchkühe. Das, was du hörst, sind ihre Glocken«, klärte sie ihn auf.

»Ich dachte, diese schweren Dinger an den dicken Lederbändern wären nur als Souvenirs für die Touristen gedacht.« Noch immer klebte sein Blick an dem seltsamen Bild, das sich ihm bot.

»Das sind sie auch. Doch sie sind auch sehr nützlich. Eine Kuh kann schwerlich in den Bergen verloren gehen, wenn sie eine solche Glocke trägt. Und für gewöhnlich folgt die Herde dem Tier, das die größte Glocke hat.«

»Sachen gibt's.« Jetzt sah Reeves wieder Jordan an und murmelte sanft: »Während eines Augenblicks hatte ich mir wirklich eingebildet, ich wäre dem Himmel so nahe, dass ich die Engel singen höre.«

»Tja, du bist ihm wirklich ziemlich nah. Der Pilatus ist …«

»Ich habe nicht die Höhe des Berges gemeint«, erklärte er.

Errötend wandte sie sich ab und lief auf die Treppe zu. »Ich weiß, was du gemeint hast«, war alles, was sie sagte, als er ihre Hand ergriff.

Um ein wenig Abwechslung zu haben, fuhren sie den Berg auf der anderen Seite mit der Zahnradbahn hinab. Es war Helmuts Entscheidung gewesen, aber Reeves hatte sie dankbar akzeptiert.

Henri, der Chauffeur, wartete mit der Limousine an der unteren Station. »Oh, ich hatte gehofft, wir könnten mit einer der Fähren zurückfahren.« Jordan war enttäuscht. Die Fähren machten ein ausgezeichnetes Geschäft auf dem Vierwaldstätter See, denn sie wurden nicht nur von Touristen, sondern auch von einheimischen Pendlern gern benutzt. »Ich weiß, dass es wegen all der Haltestellen ziemlich lange dauert, aber es macht immer solchen Spaß.«

»Dann fahr einfach mit Reeves«, schlug Helmut vor. »Ich ziehe den Luxus der Limousine und Henris flotten Fahrstil vor. Außerdem habe ich für heute lange genug den Touristen gespielt.« Er wandte sich dem Fotografen zu. »Was meinen Sie, Reeves? Hätten Sie Lust, eines der Schiffe zu nehmen? Es wird mindestens eine Stunde dauern, bis man damit Luzern erreicht.«

»Kein Problem«, antwortete Reeves. »Wann treffen Sie sich mit diesem italienischen Fabrikanten?«

»Um vier.«

»Ich wäre gern dabei, wenn Sie nichts dagegen haben, einfach, weil mir das ein paar Hintergrundinformationen gibt.«

»Gern. Warum nehmen Sie und Jordan nicht die Fähre, bringen sie nach Hause und kommen dann in mein Büro. Das schaffen Sie zeitlich auf jeden Fall.«

»Komm doch bitte mit, Helmut«, bat Jordan ihn. Sie wollte nicht übertrieben glücklich wirken, da sie gleich erneut mit Reeves alleine war.

»Nein, meine Liebe. Sosehr ich es genieße, dass Reeves bei uns ist, habe ich seinetwegen ein paar Dinge, die auf meinem Schreibtisch liegen, sträflich vernachlässigt. Wenn ihr beide die Fähre nehmt, habe ich die Möglichkeit, diese Dinge zu erledigen. *Au revoir«,* verabschiedete er sich und küsste sie zärtlich auf den Mund.

Seine Lippen waren kühl und fest, völlig anders als Reeves' warmer, feuchter, nachgiebiger Mund. Helmuts Küsse versetzten sie nicht in eine andere Sphäre, in der sie langsam, aber unvermeidlich den Bezug zu der, in der sie zu Hause war, verlor. Sie riefen keine leisen Schauder, ähnlich den Nachbeben einer großen Erderschütterung, in ihrem Körper wach.

Dann machte er sich wieder von ihr los. »Ich rufe dich nachher an, Liebling.«

»In Ordnung. Danke für den wunderbaren Morgen«, sagte sie und schämte sich, weil sie derart verlogen war. Helmut hatte nichts damit zu tun, dass dieser Tag so herrlich war.

Er winkte ihnen noch zum Abschied zu, als Henri die Tür des schnittigen Mercedes öffnete. Und dann waren sie allein. Reeves stellte sich in der Schlange vor dem Schalter an, um die Fahrkarten zu kaufen, und dann standen sie inmitten der Menge, die am Ufer wartete, während die Fähre anlegte und ihre Fahrgäste entlud, nahmen jedoch nichts außer dem jeweils anderen wahr. Erst das Gedränge der Leute, die an Bord des Schiffes stürmten, riss sie aus ihrer geteilten Trance.

Lachend setzten auch sie sich in Bewegung, fanden einen kleinen Tisch auf dem offenen Oberdeck und belegten ihn sofort mit Beschlag. Damit niemand sich zu ihnen gesellen konnte, legten sie ihre Jacken auf den dritten und Reeves' Fotoausrüstung auf den vierten Stuhl, und Reeves kaufte ihnen Sandwiches und Süßwaren an einem der Automaten und holte ihnen Kaffee an der Snackbar auf dem Unterdeck.

Ohne auf die Touristen, die an ihrem Tisch vorüberschlenderten, die regelmäßigen Stopps an irgendwelchen Haltestellen und die vielsprachigen Unterhaltungen auf ihrem Deck zu achten, saßen sie sich gegenüber und nahmen nur einander wahr. Es war ein wunderbarer Tag. Der See war ruhig und leuchtend blau. Doch wahrscheinlich hätten sie noch nicht einmal gemerkt, wenn es geregnet hätte, denn sie waren völlig in den sonnenhellen Glanz des jeweils anderen eingehüllt.

»Erzähl mir alles, was es über Jordan Hadlock zu wissen gibt. Wie war übrigens dein Mädchenname?«, fragte Reeves, während er sich vorbeugte und ihre Hand ergriff.

»Simms. Warum?«, fragte sie lachend zurück.

Er zuckte mit den Schultern und setzte das jungenhafte Grinsen auf, das sie inzwischen so gut kannte. »Keine Ahnung. Ich bin einfach neugierig. Ich will alles über dich wissen.«

Verlegen blickte sie auf ihre verschränkten Hände. Sie dachte an das aufregende Leben, das er führte, an die unzähligen Frauen, denen er jeden Tag begegnete, und kam zu dem Ergebnis, dass ihr eigenes Leben im Vergleich zu seinem furchtbar fade war. »Da gibt es nicht viel zu erzählen. Ich glaube, du weißt bereits alles, was es über mich zu wissen gibt.«

»Erzähl mir von deiner Familie.«

Sie lächelte. »Meine Eltern sind zwei wunderbare Menschen. Dad ist Verlagsvertreter, und Mum hat stets dafür gesorgt, dass zu Hause alles lief.«

»Geschwister?«

»Einen jüngeren Bruder, der aber bei der Geburt gestorben ist. Sonst keine.«

»Du hast mir erzählt, dass du vier Jahre verheiratet warst.«

Sie nickte mit dem Kopf.

»Warum hattet ihr keine Kinder?«

»Weil Charles keine wollte.«

»Aber du.«

War er vielleicht ein Hellseher? Sie blickte vor sich auf den Tisch. »Ja, ich wollte Kinder. Inzwischen ist mir allerdings klar, dass es nicht sein sollte.«

Ihr Wunsch nach einer Familie hatte oft zu Streit zwischen Charles und ihr geführt. Er hatte keine Kinder haben wollen, solange er ›beruflich noch in unsicheren Gewässern fuhr‹. »Wenn mein Schiff in den Hafen einläuft und ich beruflich dort angekommen bin, wo ich hinwill, haben wir noch jede Menge Zeit, um eine Familie zu gründen«, hatte er immer gesagt. Aber dieser Augenblick war nie gekommen, ebenso wenig wie die Familie, die stets Jordans großer Traum gewesen war. Rückblickend betrachtet nahm sie an, es wäre besser so gewesen. Sie hätte nicht gewollt, dass ein Kind in der Rastlosigkeit aufwuchs, die typisch für ihre Ehe gewesen war. Sie sah wieder auf und begegnete Reeves' durchdringendem Blick.

Da nicht zu übersehen war, wie traurig dieses Thema Jordan machte, wandte Reeves sich einem anderen Thema zu. »Hatten deine Eltern etwas dagegen, dass du nach Europa gegangen bist?«

Sie dachte über seine Frage nach und strich sanft mit ihrem Daumen über das hellbraune Haar auf seinem Handrücken. »Sicher waren sie nicht gerade glücklich über den Entschluss. Aber sie haben nicht versucht, mich daran zu hindern. Ich glaube, sie haben verstanden, weshalb ich diesen Tapetenwechsel brauchte. Zumindest für eine Weile. Außerdem waren wir nie besonders reich. Mir hat es nie an irgendwas gefehlt, doch ich glaube, sie hatten immer Schuldgefühle, weil sie es sich nicht leisten konnten, mich hierherzuschicken, als ein paar von meinen Freundinnen nach ihrem Collegeabschluss auf Europa-Tour gegangen sind. Ich habe mir sogar mein Studium mit irgendwelchen Jobs teilweise selber finanziert. Deshalb haben sie sich gefreut, als sich plötzlich für mich die Gelegenheit ergab, mir Europa anzusehen.«

Sie blickte auf den leuchtend blauen See. Auf den noch immer grünen Hügeln, die ihn säumten, standen malerische Chalets. Doch so reizvoll die Umgebung war, wogte plötzlich Sehnsucht nach den Eltern und der Heimat in ihr auf.

Bevor ihr Heimweh ihre Stimmung trüben konnte, blickte sie den Fotografen wieder an. »Wie steht es mit dir? Hast du auch eine Familie?«

»Mein Vater lebt nicht mehr, und inzwischen ist meine Mutter mit einem wunderbaren Mann, einem pensionierten Lebensmittelhändler, verheiratet, der sie wie eine Königin hofiert. Außerdem habe ich noch eine kleine Schwester, die Jura studiert. Gott stehe den Gerichten bei, wenn sie erst mal losgelassen wird«, fügte er lachend hinzu.

Während sie sich über Gott und die Welt unterhielten, verging die Stunde auf der Fähre wie im Flug. Auf jeden Außenstehenden mussten sie wirken wie ein frisch verliebtes Paar, denn sie hatten nur Augen füreinander und nahmen nichts von der Umgebung wahr.

Während einer Gesprächspause erklärte Reeves: »Also, Jordan, eines würde ich wirklich gerne wissen.«

Seine Stimme hatten einen ernsten Klang, und sie riss alarmiert die Augen auf: »Ja?«

»Weißt du, wann wir dieses Schiff verlassen sollen?«

Sie fing schallend an zu lachen, und aus lauter Freude, dass sie sich so prächtig amüsierte, fiel er gut gelaunt in ihr Gelächter ein. Während sie sich die Lachtränen aus ihren grauen Augen wischte, antwortete sie: »An der nächsten Haltestelle. Also sammeln wir am besten langsam unsere Sachen ein.«

Sie gingen Arm in Arm den Landungssteg hinab und unterhielten sich noch immer. Dann sah Jordan auf und bemerkte Henri, Helmuts Chauffeur, der ein Stückchen links von ihr am Ufer stand. In dem Augenblick, in dem er sie entdeckte, machte sie sich von dem Arm um ihre Schultern los.

»Mrs Hadlock, ich habe eine Nachricht von Mr Eckherdt«, erklärte Henri in seinem stockenden Englisch, als er vor sie trat. »Er hat mich gebeten, Sie heimzubringen. Er ist heute Abend von einem Geschäftspartner zum Essen eingeladen und wünscht, dass Sie ihn begleiten. Er meint, Sie sollten sich halbförmlich kleiden und er würde Sie um halb acht abholen.«

Während er sprach, geleitete er Reeves und sie durch das Gedränge dorthin, wo der Wagen stand, und öffnete die Tür. Da sie keine Ahnung hatte, was sie machen sollte, sah sie Reeves hilflos und fragend an. Nach seinem Treffen mit Helmut hätte er zu ihr kommen wollen, denn sie hatte keine Pläne für den Abend gehabt. Was sollte sie jetzt tun?

»Reeves …?«

Sie wollte, dass er sagte, es wäre in Ordnung und er würde es verstehen. Stattdessen wurde sein zuvor so warmer, liebevoller Blick plötzlich kalt wie Eis, sein Mund bildete einen grimmigen schmalen Strich, und er starrte sie reglos an.

Sie leckte sich nervös die Lippen und erklärte: »Ich … ich muss los. Er … vielleicht schaffe ich es heute Abend irgendwann, mit ihm zu reden. Ich …«

»Egal, Jordan. Es spielt keine Rolle, ob du mit ihm sprichst«, erklärte er ihr kalt. »Ich verstehe vollkommen.« Wobei sein Ton verriet, dass er keineswegs verstand. Er war außer sich vor Zorn. Das verrieten die angespannten Muskeln in seinem Gesicht.

Henri machte einen Schritt nach vorn und verbeugte sich leicht vor ihm. »Mr Grant, Sie soll ich zum Büro von Mr Eckherdt fahren, sobald ich Mrs Hadlock zu Hause abgesetzt habe.«

»Nein, danke, Henri«, lehnte Reeves das Angebot kopfschüttelnd ab. Allerdings blickte er bei den Worten nicht auf den Chauffeur, sondern starrte nach wie vor Jordan böse an. »Ich entscheide immer selber, was ich tue oder nicht.«

Ohne ein weiteres Wort und mit einem letzten verächtlichen Blick auf sie stapfte er durch das Gedränge der Leute, die versuchten, noch die Fähre zu besteigen, ehe sie gleich weiterfuhr, davon.

6

Der Abend zog sich endlos hin. Gastgeber des Essens waren ein Unternehmer aus Stockholm und seine Frau. Außer Jordan und Helmut hatten sie nur noch zwei weitere Paare eingeladen. Offiziell war es ein privates, geselliges Zusammensein, in Wahrheit aber ging es ums Geschäft.

Sobald das Essen in einem der privaten Speisesäle des Palace-Hotel beendet war, zog sich die Gruppe in die Suite der Gastgeber zurück, wo die Männer um einen Spieltisch saßen und einen Fusionsvorschlag besprachen, während die Frauen, die nicht einmal alle dieselbe Sprache sprachen, auf den förmlichen Sofas saßen und versuchten, einander nicht zu Tode zu langweilen. Die anderen Frauen sprachen alle deutsch, und auch wenn Jordan die Sprache ein wenig gelernt hatte, bekam sie doch nicht sämtliche Nuancen des Gespräches mit. Doch im Grunde war ihr das egal. Weil sie in Gedanken sowieso nicht bei der öden Unterhaltung war.

Jordan hätte es keine Minute länger in dem Zimmer ausgehalten, als Helmut endlich bereit war, sich zu verabschieden. Seine diversen Geschäftsinteressen waren ihr vollkommen egal. Hingegen hatte sie Reeves nachmittags auf der Fähre seltsamerweise regelrecht dazu gedrängt, dass er über seine Arbeit sprach. Sie hatte an seinen Erfahrungen Anteil haben wollen und jedes Wort begierig aufgesogen, das über seine Lippen gekommen war.

Jetzt war sie gelangweilt, müde, reizbar und todunglücklich, sobald sie daran dachte, wie wütend Reeves davongestapft war, ohne sich auch nur noch einmal nach ihr umzudrehen.

Sie hätte nicht sagen können, ob sie eher enttäuscht oder zornig war. Die Zeit oben auf dem Berg und die Schifffahrt waren wunderbar gewesen. Zugegeben, sie hatte bedauert, dass dieser besondere Tag schon nachmittags vorbei gewesen war. Sie konnte nicht leugnen, dass Reeves Grant sie reizte, dass er sie aus der Reserve lockte und dadurch verletzlicher machte als jemals ein Mann zuvor.

Aber genau deshalb war er so gefährlich. Denn er übernahm schon jetzt die Herrschaft über sie. Hatte er etwa nicht von ihr erwartet, die Verabredung mit Helmut abzusagen? Hätte sie Helmut nicht auf seinen Wunsch hin sagen sollen, dass sie nicht mit ihm zu diesem Essen gehen würde, obwohl diese Einladung von ihm bereits in ihrem Namen angenommen worden war?

Sie war wütend, hatte aber keine Ahnung, gegen wen die Wut gerichtet war. Gegen Helmut, weil er, ohne sie zu fragen, einfach davon ausgegangen war, dass sie heute Abend zur Verfügung stand? Gegen

Reeves, weil er einfach annahm, er hätte das Recht, darüber zu bestimmen, was sie tat? Oder vielleicht gegen sich selbst, weil sie sich zum Spielball zweier selbstbewusster, starrsinniger Männer machen ließ – obwohl sie sich geschworen hatte, dass sie das nie wieder täte? Und zwar nicht mal, wenn sie jemals ihre große Liebe traf?

Im Fahrstuhl erörterte Helmut das Für und Wider einer möglichen Fusion, und sie hatte die Befürchtung, dass sie anfinge zu schreien, hielte er nicht endlich seinen Mund. Was gingen sie seine Geschäfte an? Sie bedeuteten ihr nichts. Bis vor ein paar Tagen hatte sie noch ruhig und friedlich vor sich hin gelebt. Und jetzt hatte sie plötzlich das Gefühl, als hätte jemand ihre Welt auf den Kopf gestellt. Nichts war mehr eindeutig. Nichts mehr klar. In ihrem Leben war das vollkommene Chaos ausgebrochen, seit Reeves Grant erschienen war.

Als der Fahrstuhl lautlos hielt, führte Helmut sie in das Foyer und legte fürsorglich ihr Tuch um ihre Schultern, als sie plötzlich einen Mann und eine Frau durch die breite Eingangstür des Palace-Hotel kommen sah.

Die Frau war Mitte zwanzig, rothaarig und gut gebaut. Ihre langen, schlanken Beine hatte sie in eine enge grasgrüne Satinhose gezwängt, und der tiefe Ausschnitt ihres weiten, paillettenbesetzten, ebenfalls grasgrünen Oberteils gab den Blick auf ihre straffen Brüste frei.

Billig, dachte Jordan. Diese Frau wirkte einfach billig und geschmacklos.

Reeves hingegen sah fantastisch aus. Er trug eine graue Flanellhose und einen marineblauen Blazer, und sein weißes Seidenhemd war hälftig aufgeknöpft. Schwarze, blank geputzte Bally-Slipper lugten unter den Bügelfalten der Hose hervor. Er war teuer gekleidet, gleichzeitig aber leger genug, um deutlich zu machen, dass ihm die Tradition der Alten Welt am Allerwertesten vorbeiging.

Jordan konnte nichts dagegen tun, dass sich ihr Hals zusammenzog. Obwohl sie wütend auf ihn war, war sie noch wütender auf sich, weil seine unverhohlene Sinnlichkeit ihr Herz mal wieder höher schlagen ließ. Denn der Anblick seiner gut geschnittenen Garderobe rief in ihr Gedanken an den makellosen, kraftstrotzenden Körper wach, der darunter verborgen war.

Die beiden waren auf dem Weg in Richtung Bar, als Helmut sie entdeckte. »Reeves«, rief er durch die elegante Eingangshalle des berühmten Hotels. »Reeves Grant.« Jordan fuhr zusammen. Sie hatte gehofft, sie könnten gehen, ohne dass der Mann sie sah.

Reeves riss den Kopf herum und sah sie mit einem entwaffnenden Lächeln an. »Hallo, Helmut. Jordan.« Noch immer lag sein Arm fest um die Wespentaille seiner Begleiterin. »Meine beiden Lieblingsmotive. Was machen Sie denn hier?«

»Wir waren zum Essen eingeladen«, antwortete Helmut ihm.

»Oh ja.« Reeves schnippte mit den Fingern. »Jetzt erinnere ich mich. Sie hatten etwas in der Richtung erzählt.«

Dieser elendige Lügner, ging es Jordan durch den Kopf. Er wusste ganz genau, was sie hier taten. Und seit Helmut ihn gerufen hatte, hatte er sie noch nicht einmal direkt angesehen.

»Darf ich Ihnen … uh … Diane? Ja, genau, Diane … uh …?«

»Moffett«, klärte ihn der Rotschopf auf, während er ihm mit dem Ellenbogen in die Rippen stieß, als wolle er sagen: Oh, was bist du für ein ungezogener Kerl.

Jordan ballte die Fäuste unter ihrem Tuch. Konnte diese Frau nicht aufrecht stehen? Musste sie sich derart an Reeves *anlehnen?*

»Richtig, Diane Moffett«, meinte Reeves. Endlich sah er Jordan an, wobei ein triumphierender Glanz in seinen Augen lag. »Diane, das hier sind Mrs Jordan Hadlock und Mr Helmut Eckherdt. Diane ist praktisch eine Nachbarin von mir. Sie kommt aus Los Angeles. Ist es nicht ein Glück, dass wir uns heute Abend zufällig über den Weg gelaufen sind?«

Da Jordan seinen Blick nicht mehr ertrug, wandte sie sich an die Frau, die unglaublich dumm aussah. »Hallo, Miss Moffett«, grüßte sie mit kalter Höflichkeit.

»Hi. Ein hübsches Kleid haben Sie da an«, erwiderte die andere kess.

»Danke.« Jordan war nur froh, dass sie sich für dieses Kleid entschieden hatte, weil sie wusste, dass es ihr ganz ausgezeichnet stand. Es war ein ärmelloses Stück aus schwarz schimmerndem Satin mit einem tiefen, hübsch geschnittenen Ausschnitt. Und auch ihre schlanke Taille wurde durch den leuchtend pinkfarbenen Kummerbund vorteilhaft betont. Das Haar hatte sie zu einem schlanken, tiefsitzenden Knoten aufgesteckt, und die kleinen Diamantstecker in ihren Ohren waren der einzige Schmuck, den sie an diesem Abend trug. Außer natürlich Helmuts Ring.

»Wir wollten uns gerade noch einen Schlummertrunk in der Bar genehmigen. Kommen Sie doch mit«, schlug Reeves unbekümmert vor.

Jordan hätte fast nach Luft gerungen angesichts einer derartigen Dreistigkeit. Der Zorn schnürte ihr die Kehle zu. Der Kerl hatte nicht den geringsten Anstand, dachte sie erbost. Wie hatte er es wagen können, eine andere aufzureißen, kaum nachdem er sie verlassen hatte? Oder machte er das vielleicht immer so? Nach dem Motto: »Aus den Augen, aus dem Sinn«. Und er hatte die Dreistigkeit besessen und erst ein paar Stunden zuvor die beleidigte Leberwurst gespielt!

Helmut sah sie fragend an. »Jordan?«

»Ich glaube, nicht, Helmut. Wir hatten einen derart ausgefüllten Tag mit dem Ausflug auf den Berg …« Mit gespieltem Bedauern brach sie ab. In Wirklichkeit versagte ihre Stimme ihren Dienst, als sie sich daran erinnerte, wie vertraut und wie intim sie in der Seilbahn und hoch oben auf dem Berg mit Reeves gewesen war.

»Reeves, Miss Moffett, Sie müssen uns entschuldigen.« Helmut nickte den beiden zu. »Meine Liebste ist erschöpft. Ich bringe sie wohl besser heim.« Mit einem großmütigen Lächeln nickte er Reeves zu und küsste der kichernden Diane galant die Hand.

»Also dann, gute Nacht, Helmut. Jordan«, verabschiedete sich Reeves.

»Gute Nacht«, murmelte sie und wagte es, ihn doch kurz anzusehen. Was ein grober Fehler war. Er lächelte verächtlich, und sein spöttischer Blick verriet, dass sie aus seiner Sicht ein Riesenfeigling war.

Sie reckte hochmütig den Kopf, als sie, Helmuts schützenden Arm um ihre Schultern, das Hotel verließ. Gleichzeitig jedoch brach ihr das Herz. Sie hatte Recht gehabt. Er war einfach ein Frauenheld. Ihre gemeinsame Nacht während des Gewitters hatte ihm nicht mehr bedeutet als der Spaß, den er sich von der Rothaarigen versprach.

Jordan saß zusammengesunken im Fond der Limousine und sprach kein Wort. Sie konnte nicht verstehen, weshalb sie so unglücklich war. Bedeutete ihr dieser Mann etwa so viel, dass die Vorstellung, er könnte mit einer anderen schlafen, sie derart verzweifeln ließ?

Auch als Helmut sie durch das Gewirr der Gassen in der Altstadt bis zu ihrer Wohnung brachte, blieb sie stumm. Was er auf ihre Ermattung schob.

Doch auch wenn sie kein Wort sagte, arbeitete ihr Hirn auf Hochtouren. Sie stritt mit sich selbst. Sie sollte Helmut wirklich endlich sagen, dass sie nicht die Absicht hatte, ihn zu heiraten. Er konnte es anscheinend nicht erwarten, die Verlobung öffentlich bekannt zu geben. Auf dem Weg zum Essen hatte er gefragt, ob sie inzwischen ihre Eltern angerufen hätte, und sie hatte ausweichend erklärt, dazu hätte sie während der letzten beiden Tage einfach keine Zeit gehabt.

Irgendwie jedoch brachte sie einfach nicht die Energie für diese Auseinandersetzung auf. Er würde ihre Weigerung bestimmt nicht einfach akzeptieren. Er würde versuchen, sie noch einmal umzustimmen, aber damit käme sie beim besten Willen nicht zurecht. Sie würde mit ihm reden, wenn sie sich ein wenig stärker fühlte, wenn sie nicht mehr ständig an den Fotografen dächte, wenn …

Vor der Ladentür ließ sie lustlos seinen Gute-Nacht-Kuss über sich ergehen. Er war potent und attraktiv und hatte bereits zahllose Affären hinter sich. Warum also ließen seine Küsse sie so kalt? Er berührte sie nicht mit der sanften Stärke, die gleichzeitig Leidenschaft und Zärtlichkeit verriet, und wenn er sie in den Armen hielt, schmiegte sich ihr Körper nicht, als wären sie zwei Hälften eines Ganzen, automatisch an ihn an.

Nachdem er sie verlassen hatte, schleppte sie sich unglücklich hinauf in ihre Wohnung und schalt sich dafür, dass sie nicht mehr für diesen Mann empfand. Er war immer nett zu ihr gewesen, und jetzt hatte er sie sogar noch vor einem skrupellosen Schuft wie Reeves bewahrt. Sie sollte ihm dankbar dafür sein. Oder etwa nicht?

Sie legte sich ins Bett und versuchte, sich darauf zu

konzentrieren, was für ein guter Fang der großzügige Helmut war. Doch es gelang ihr nicht. Das Einzige, woran sie denken konnte, waren Reeves und diese dämliche Diane, die sich an ihm festgeklammert hatte, als könnte sie noch nicht einmal alleine stehen. Ob er sie in diesem Augenblick wohl küsste und berührte? Flüsterte er ihr vielleicht dieselben süßen Worte wie ihr selbst am Abend des Gewitters zu? Nein! Sie hielt es nicht mehr aus. Wenn sie weiter daran dächte, wie er diese andere Frau liebkoste, würde sie verrückt. Also musste sie einfach an etwas anderes denken.

An ihre Eltern. Das Geschäft. Heiße Schokolade. Irgendwas.

Reeves. Reeves. Reeves.

Während sie im Schlaf versank, ging ihr der Gedanke durch den Kopf, wie herrlich warm sie sich in seinem Arm gefühlt hatte, obwohl es oben auf dem Berg neblig und kalt gewesen war.

»Hallo«, murmelte sie verschlafen. Erst hatte sie gedacht, das Schrillen ihres Telefons wäre ein Teil von ihrem Traum. Dann aber war ihr klar geworden, dass es wirklich klingelte, sie hatte im Dunkeln einen Arm nach dem Hörer ausgestreckt und ein Buch und ihren Wecker umgeworfen, bis sie an den Apparat gekommen war.

»Jordan? Hast du noch geschlafen?«

»Bill?«, fragte sie gähnend. »Ich … ja … wie viel Uhr ist es?«

»Tut mir leid, Baby, aber ich wollte dich so schnell

wie möglich anrufen, um dir zu gratulieren«, sagte ihr Londoner Chef. »Das sind ja wirklich tolle Neuigkeiten. Irgendwann musst du dem guten alten Bill erzählen, wie dir dieser Coup gelungen ist.«

Sie hatte sich geirrt. Sie träumte wirklich noch. Denn weshalb sonst riefe ihr Boss sie derart früh am Morgen an und spräche ein derart blödsinniges Zeug?

»Wovon redest du?«, fragte sie halb in den Hörer und halb in das Kopfkissen.

»Also bitte, Jordan, ich bin es, der gute alte Bill. Ich habe in der *Times* von deiner Verlobung gelesen. Wow! Helmut Eckherdt! Wann ist der große Tag? Werde ich zur Hochzeit eingeladen? Ich verspreche auch, mich zu benehmen. Ich werde mich nicht betrinken, nicht laut rülpsen, keine Schimpfwörter benutzen und mich nicht unterhalb des Bauches kratzen. Ich werde ...«

»Bill«, unterbrach sie ihn. Mit einem Mal war sie hellwach. »Hast du eben gesagt, dass du in der *Times* von meiner Verlobung gelesen hast? Wann?«

»Gestern Abend.«

Vor lauter Überraschung brachte Jordan erst mal keinen Ton heraus. Dann fragte sie allerdings: »Bist du sicher? Ich meine, wie kann das sein?«

»Keine Ahnung, Baby, aber es steht schwarz auf weiß auf Seite drei. Ich habe den Artikel vor mir, und ich bin stocknüchtern. Es gibt einen zweispaltigen Artikel über eure Romanze und dazu eine ausführliche Biografie von euch. Klingt wie eine moderne Version des Märchens von Aschenputtel – du weißt schon, die wunderschöne kleine Verkäuferin und der attraktive Prinz.«

Ihr Mund war trocken, und ihre Hände zitterten. »W-wer hat den Artikel geschrieben?«, stieß sie krächzend aus.

»Ein gewisser James Parker. Ein Reporter von UPI.«

»UPI!«, rief sie ungläubig. Dann könnte die Geschichte um die ganze Welt gehen, und da Helmut ein bekannter Unternehmer war, täte sie das sicher auch. »Du sagst, der Artikel enthält auch meine Biografie?«

»Und zwar eine wirklich ausführliche. Deine Kindheit, deine Familie – du weißt schon, der ganze Quatsch.«

Sie hatte sofort, als Bill von dem Artikel berichtet hatte, einen Verdacht gehabt. Inzwischen war sie überzeugt, dass er richtig war. Wer wusste so genau über sie Bescheid? Wem hatte sie erst vor kurzem Details ihres Lebens enthüllt? Wer hatte sie mit persönlichen Fragen bestürmt, auf die sie arglos eingegangen war? Wer hatte auch nur im Entferntesten mit Journalismus zu tun?

Reeves Grant.

»Ich muss los, Bill«, sagte sie und sprang eilig aus dem Bett.

»Einen Moment noch, Baby. Ich wollte dir noch sagen, dass du dir wegen des Ladens keine Gedanken zu machen brauchst. Deine Nachfolgerin steht schon in den Startlöchern.«

»Meine Nachfolgerin?«, schrie sie entsetzt, während

sie sich wieder auf die Matratze sinken ließ. »Meine Nachfolgerin?«

»Ja sicher, Püppchen. Ich kann mir irgendwie nicht vorstellen, dass die Frau eines Milliardärs Bücher und Zeitschriften verkauft. Du wirst ständig auf Reisen sein und …«

»Du verstehst nicht, Bill.« Sie versuchte, sich an den bescheidenen Rest von Verstand zu klammern, der ihr noch geblieben war. »Ich werde Helmut Eckherdt nicht heiraten. Ich werde überhaupt nicht heiraten.«

»Aber hier steht …«

»Es ist mir scheißegal, was in dem dämlichen Artikel steht!«, fuhr sie ihn zornig an. »Ich werde ihn nicht heiraten. Die Meldung ist falsch. Ich bin ein paarmal mit ihm ausgegangen, weiter nichts.«

»Und was ist mit dem riesigen Diamantring, den du angeblich trägst?«

Seufzend rieb sie sich die Stirn. »Den trage ich tatsächlich, aber …«

»Also dann?«

»Ich … es … verflucht, Bill, ich kann es nicht erklären. Glaub mir einfach, ja? Ich werde nicht heiraten, weshalb meine ›Nachfolgerin‹ in London bleiben kann. Und jetzt muss ich los und …«

»Einen Augenblick«, hielt er sie nochmals davon ab, den Hörer aufzulegen, und stieß einen abgrundtiefen Seufzer aus. »So einfach geht das nicht, Baby. Weißt du, der alte Bauerman hat mich seit Monaten gedrängt, einen Job im Ausland für seine Tochter zu finden. Sie langweilt sich auf all den Teepartys und

Fuchsjagden in England und will plötzlich arbeiten. Nichts allzu Anstrengendes – einfach etwas, damit sie beschäftigt ist. Als ich gestern Abend den Artikel über dich gelesen habe, dachte ich, die Stelle wäre perfekt für sie. Also habe ich den alten Herren angerufen …«

»Und seiner Tochter meinen Job gegeben«, beendete Jordan seinen Satz.

»So in etwa.«

»So in etwa?«

»Meinetwegen, ja. Ich habe ihr deinen Job versprochen.«

Stille dehnte sich zwischen ihnen aus. Jordan war wie vor den Kopf geschlagen. Was Bill ihr da erzählte, konnte ganz einfach nicht wahr sein. Sie hatte ihren Job an die Tochter von Mr Bauerman verloren. Mr Bauerman besaß einen Verlag und die Kette englischer Buch- und Zeitschriftengeschäfte, für die sie tätig war. Solche Dinge kamen in der Geschäftswelt immer wieder vor. Und jetzt passierte es plötzlich auch ihr. Und es tat entsetzlich weh. Und das alles war die Schuld von Reeves.

»Tut mir leid, Baby, aber …«

»Schon gut, Bill, ich mache dir keine Vorwürfe deshalb. Doch jetzt muss ich wirklich los. Ruf mich einfach später noch mal an, okay?«

Ohne seine Antwort abzuwarten, legte sie den Hörer auf, blieb dann trotzdem erst mal sitzen und wünschte sich, sie hätte alles das, was Bill gesagt hatte, tatsächlich nur geträumt. Aber es war wahr. Zeitungen in aller Welt würden eine Hochzeit ankündigen, die niemals stattfände. Und als wäre das nicht bereits schlimm genug, stünde sie bald auch noch ohne Arbeit da.

Als sie daran dachte, welche Folgen der von Reeves an ihr begangene Verrat langfristig für sie hätte, wogte heißer Zorn in ihrem Innern auf. Sie ballte die Fäuste so, dass ihre Nägel tiefe Halbmonde in den Innenflächen ihrer Hände hinterließen, und stieß zischend aus: »Dieses widerliche Schwein.«

Sie sprang auf, schleuderte ihr Nachthemd fort und wühlte auf der Suche nach einem Slip ihre Kommode durch. Dann zog sie ihn eilig an, schnappte sich eine Jeans, riss einen Skipullover von einem der Bügel in ihrem Kleiderschrank und zog ihn sich über den Kopf. Ohne auch nur ein Paar Socken anzuziehen, schob sie ihre nackten Füße in die Slipper, die in ihrer Nähe auf dem Boden standen, spritzte sich ein wenig Wasser ins Gesicht, putzte sich die Zähne, klatschte sich etwas Make-up auf die kreidebleichen Wangen und fuhr sich ein paarmal mit der Bürste durch das dicke Haar.

Dann eilte sie wieder in ihr Schlafzimmer zurück, schnappte sich eine Jacke und die Handtasche, rannte die Treppe hinunter, stürzte auf die Straße, schloss die Tür hinter sich ab und lief durch das frühmorgendliche Halbdunkel die Gasse hinab.

Derart früh am Morgen waren noch keine Taxis unterwegs, weshalb sie gezwungen war, zu Fuß zu gehen. Aber das war ihr egal. Zornige Entschlossenheit trieb sie zur Eile an. Ihr Atem bildete kleine weiße Wölkchen in der Luft, doch sie nahm die Kälte gar nicht wahr.

In den am Seeufer gelegenen Hotels war noch alles ruhig. Die breiten Veranden vor den meisten Häusern waren noch nicht von Faulenzern bevölkert, die später am Tag dort in den Liegenstühlen lagen, an kühlen Getränken nippten und den Ausblick genossen, der sich ihnen bot. Auch die Eingangshalle des Europa war, abgesehen von zwei jungen Frauen, die die Möbel abstaubten und die Spiegel putzten, menschenleer. Der Empfangschef sah gerade die Anmeldungen durch, während sie vor ihn trat.

Sie legte ihre Hände auf die glatte Marmoroberfläche seines Tischs. »In welchem Zimmer finde ich Mr Reeves Grant?«

Der Mann zog fragend eine Braue hoch, als er die zerzauste Frau vor seinem Tresen sah. »Wie bitte?«, fragte er auf Englisch mit schweizerischem Akzent.

Es war nicht zu übersehen, wie argwöhnisch er war, und so setzte sie ein möglichst verführerisches Lächeln auf. »Ich weiß, ich sehe furchtbar aus, aber ich bin die ganze Nacht gefahren, um ihn zu überraschen. Wir sind … befreundet. Sie verstehen, nicht wahr?« Sie klapperte mit ihren Wimpern, bis der Mann vollkommen hilflos war.

»J…ja, natürlich. Er … uh … lassen Sie mich gucken. Zimmer 429. Soll ich Sie oben anmelden?«

»Nein!« Dann blickte sie schüchtern vor sich auf den Tisch, überwand ihren Widerwillen und fügte hinzu: »Ich möchte ihn überraschen.«

Der Empfangschef – ein echter Romantiker – sah sie mit einem vielsagenden Grinsen an. »Die Fahrstühle sind hinten rechts«, raunte er ihr zu, als hätten sie sich miteinander verschworen.

»Danke«, rief sie ihm über die Schulter zu, denn sie durchquerte bereits schnellen Schrittes das Foyer.

Nachdem der langsamste Lift der Welt endlich unten angekommen war, stieg sie ungeduldig ein, drückte auf die Vier, und während sich das Gefährt gemächlich wieder in Bewegung setzte, ging sie in Gedanken ihre Rede durch.

Oben angekommen stürmte sie den Korridor hinab, merkte, dass sie in die falsche Richtung lief, machte auf dem Absatz kehrt und marschierte zurück, bis sie vor der Tür der 429 stand.

Dann klopfte sie lautstark an. Das Geräusch hallte vernehmlich durch den langen, schmalen Gang. Sie könnte von Glück reden, wenn niemand aus seinem Zimmer käme, um zu sehen, von was für einem Lärm er aus dem Schlaf gerissen worden war.

In Raum 429 allerdings blieb alles ruhig, und so klopfte sie noch einmal lauter an die Tür. Dann hörte sie das Rascheln einer Decke, und mit einem Mal wurde ihr klar, dass sie gar nicht wusste, ob der Kerl alleine war. Ihr Herz zog sich zusammen, aber gleichzeitig reckte sie starrsinnig das Kinn. Sie war gekommen, um dem Mann zu sagen, was sie von ihm hielt, und es war ihr egal, ob es dafür irgendwelche Zeugen gab.

Donnernd krachte ihre Faust zum dritten Mal gegen das dicke Holz. Dieses Mal hörte sie einen leisen Fluch, das Quietschen einer Matratze sowie leise Schritte hinter der Tür.

»Ja?« Es klang mehr wie ein kampflustiges Knurren als wie ein Wort.

»Mach auf.«

Es folgte eine kurze Pause, aber dann ließ er sie endlich ein. Er stand direkt hinter der Tür, weshalb sie ihn nicht sah.

Sie betrat den Raum, sah auf das leere Bett und atmete erleichtert auf.

»Komm rein«, ertönte eine trockene Stimme hinter ihr.

Sie wirbelte zu ihm herum. Sie hatte vor, ihrer Empörung Luft zu machen, bis er vor ihr auf die Knie ging und sie flehend um Verzeihung bat.

Doch er kämpfte mit unlauteren Mitteln. Weil er völlig unbekleidet war.

Zerzauste Strähnen dunkelbraunen Haars hingen ihm in die Stirn. Seine Hände hatte er in einer arroganten Pose in die Hüften gestützt und machte es der Frau, die um ihr Leben und zugleich mit ihren Gefühlen kämpfte, alles andere als leicht.

Dass er möglicherweise nackt wäre, hatte sie nicht bedacht. Sie hatte gewusst, dass er vielleicht noch schlafen würde, weiter aber hatte sie nicht überlegt. Und jetzt war ihr Gehirn angesichts der zerstörerischen Kraft seiner betörenden Männlichkeit wie leergefegt. Ihr Blick fiel auf seine Brustbehaarung, die ein faszinierendes Muster bildete und sich in einer dünnen, seidig weichen Linie nach unten verjüngte, bis sie …

Seine Beine waren lang und muskulös und hart. Er verströmte eine ungeheure Kraft. Es wäre vollkommen vergeblich, ihn anzugreifen, wurde ihr bewusst. Wie sollte sie diese Schlacht jemals gewinnen? Sicher kam sie ihm wie eine hoffnungslose Närrin vor, denn schließlich war sie einfach, ohne nachzudenken, hier bei ihm hereingeplatzt.

Während sie ihn böse ansah, fing er an zu gähnen, hob aber gespielt galant die Hand vor seinen Mund. Die Gleichgültigkeit, mit der er auf sie reagierte, machte sie noch wütender als alles, was bisher geschehen war. Ehe sie jedoch die Chance hatte, ihrem Unmut Luft zu machen, fragte er: »Findest du dein Vorgehen nicht ein bisschen zu direkt? Hat deine Mutter dir nie gesagt, dass Männer gern die Aggressoren sind?«

»Fahr zur Hölle!«, fauchte sie ihn an. »Wie konntest du nur etwas derart Widerliches tun? In meinem ganzen Leben habe ich niemanden getroffen, der weniger Rücksicht auf die Gefühle anderer nimmt als du.«

Er bedachte sie mit einem beinahe amüsierten Blick, ging an ihr vorbei, nahm seine Armbanduhr vom Nachttisch, blickte auf das Zifferblatt und nahm auf dem Rand des Bettes Platz. »Was kann ich so früh am Tag verbrochen haben, was dich derart wütend macht?«

»Also bitte, tu doch nicht so unschuldig. Du weißt ganz genau, was du verbrochen hast. Deine Unehrlichkeit wird nur noch von deinem grenzenlosen Ehrgeiz übertroffen. Ich habe dir meine ganze Lebensgeschichte erzählt …« Während sie zu ihrer Tirade ansetzte, lehnte er sich bequem gegen die Kissen, zog eins seiner Beine an, legte seinen Arm aufs Knie und baumelte lässig mit der Hand. Eilig blickte sie woanders hin und bat mit unsicherer Stimme: »Würdest du dir bitte etwas … anziehen?«

»Nein.«

Sie fuhr erneut zu ihm herum. »Du bist einfach widerlich.«

»Ich?«, fragte er erstaunt. »Ich? Du bist diejenige, die zu dieser unchristlichen Zeit in mein Zimmer gestürmt gekommen ist. Die mich aus dem Bett geschmissen hat. Aber ich schlafe nun mal nackt. Also war ich auch nackt, als du hereingekommen bist, und ich habe augenblicklich einfach keine Lust, mich anzuziehen.«

»Du hast einfach keinen Anstand.«

Er sah an ihr herauf und stellte lüstern grinsend fest: »Das glaube ich auch.«

Obwohl sie mit den Zähnen knirschte, ging sie nicht auf die provokativen Worte ein. Abermals riss sie den Blick von seinem nackten Körper los, sortierte ihre Gedanken und wollte von ihm wissen: »Kennst du einen Mann namens James Parker?«

Er schien von der Frage überrascht, antwortete aber prompt. »Ja. Er arbeitet im Londoner Büro von UPI.«

»Und du hast ihn gestern angerufen und ihm von Helmut und mir erzählt. Die Früchte deiner Arbeit findest du auf Seite drei der gestrigen Abendausgabe der *Times*. Wenn mein Laden sonntags geöffnet wäre, würde ich dir eine Ausgabe verkaufen«, fügte sie im Ton größter Verbitterung hinzu.

Er schüttelte den Kopf und fuhr sich müde mit der Hand durchs Haar. »Jordan, ich habe niemandem …«

»Du hast mich vorsätzlich dazu gebracht, mein Privatleben vor dir auszubreiten. Du hast deine Sache wirklich gut gemacht. Ich wäre nie draufgekommen, dass du nur für einen Artikel recherchierst.«

»Jordan …«

»Aber ich hätte es vorgezogen, dass du mir erzählst, was du da machst. Vielleicht hätte ich sogar kooperiert. Du hättest mich nicht extra mit Küssen zu umschmeicheln brauchen. Oder machst du das immer so? Mischst du immer Arbeit und Vergnügen?« Zu ihrem Entsetzen stiegen hinter ihren Augen Tränen auf, und wütend wischte sie sie fort.

Bevor sie weitersprechen konnte, hob er abwehrend die Hand. »Dass ich dich richtig verstanden habe«, meinte er in ruhigem Ton. »Jim hat für die *Times* einen Artikel über dich und Helmut und eure Verlobung geschrieben, und du denkst, ich hätte ihm die Neuigkeit gesteckt?«

»Natürlich hast du das!«

»Nein, das habe ich nicht.«

»Du musst es gewesen sein«, schrie sie ihn an. »Lüg mich nicht noch weiter an. Ich verachte dich bereits genug. Ich habe die Nase voll von deinem elenden Doppelspiel.«

Bevor sie auch nur blinzeln konnte, sprang er zornentbrannt vom Bett, packte ihre Arme und stieß zwischen zusammengebissenen Zähnen aus: »Erzähl mir nichts von einem Doppelspiel. Weißt du, wer von uns beiden ein doppeltes Spiel treibt? Die Frau, die sich an einen schmiegt und ihn leidenschaftlich küsst, obwohl sie die Verlobte eines anderen ist. Und die ganze Zeit behauptet sie dem armen Wicht, von dem sie sich küssen lässt, gegenüber, die Verlobung wäre gar nicht echt. Halt mir also bitte nicht vor, ich würde dir was vormachen, Jordan. Bei dir könnte sogar Sarah Bernhardt noch einmal in die Schule gehen.«

Sie versuchte, sich aus seiner stählernen Umklammerung zu lösen, doch es nützte nichts. »Ich bin nicht wirklich mit Helmut verlobt. Das weißt du ganz genau.«

»Ach ja? Du sagst, dass du ihn nicht heiraten willst, aber sobald er auch nur mit den Fingern schnippt, läufst du ihm hinterher. Und du willst mir erzählen, dass du nichts von ihm willst?«

»Ich will ihm nicht weh tun«, schluchzte sie. »Ich will ihm gegenüber fair sein, aber mit Fairness kennst du dich schließlich nicht aus. Du spielst, um zu gewinnen. Du spielst, um Blut zu sehen, und dabei ist dir vollkommen egal, wessen Blut das ist. Du willst dich nur amüsieren, ein möglichst gutes Bild und eine möglichst gute Story, weiter nichts.«

Er hob sie hoch, drehte sich mit ihr um, warf sie aufs Bett, legte sich neben sie und zog ihre Arme über ihren Kopf.

»Ich habe diese verdammte Geschichte von der Verlobung nicht durchsickern lassen«, erklärte er ihr nachdrücklich, während er die Finger noch tiefer in ihrem Fleisch vergrub. »Ich war das nicht.« Er schüttelte sie leicht.

Sie starrte ihn ungläubig und ängstlich an, er dagegen blieb völlig ruhig. Schließlich fuhr sie vorsichtig mit ihrer Zunge über ihre trocknen Lippen und wollte von ihm wissen: »Aber wer war es dann?«

»Was weiß denn ich? An dem Abend, als du so naiv darum gebeten hast, dass niemand etwas von deiner Verlobung erzählt, waren fünfzig bis sechzig Leute anwesend. Und genau diese Leute haben eine Vorliebe für jede Art von Tratsch, Jordan. Jeder von ihnen hätte über diese Sache mit einem Dutzend Reporter sprechen können, woher also soll ich wissen, wer von ihnen James den Tipp gegeben hat?« Er hielt ihre Handgelenke weiter fest gepackt, doch sein ehrlicher Blick legte ihr eine noch engere Fessel an. Deshalb kniff sie die Augen zu.

»Aber Bill hat mir erzählt, der Autor des Artikels hätte alle möglichen Details aus meinem Leben gewusst. Und gestern …«

»Weiß Helmut diese Dinge etwa nicht? Hast du ihm etwa nicht auch irgendwelche Sachen aus deiner Vergangenheit erzählt? Vielleicht hat er sie ja weitererzählt, der, der es von ihm hatte, hat ebenfalls getratscht und so weiter und so fort, bis irgendein gewiefter Journalist sich eine glaubwürdige Geschichte zusammengebastelt hat.«

Jordan dachte an die letzten Monate zurück. Vielleicht hatte Reeves ja recht. Aber ob er wirklich ehrlich war?

Wie wenn er ihre Gedanken lesen könnte, meinte er: »Ich gebe zu, dass ich gestern eine Stinkwut auf dich hatte, als wir von der Fähre kamen. Und natürlich spricht das gegen mich. Wenn ich allerdings diese Sache ausgeplaudert hätte, würde ich auch dazu stehen und die Lorbeeren pflücken oder mir Vorwürfe machen lassen, wie es eben geschehen ist. Nur habe ich es nicht getan, Jordan. Das schwöre ich.«

Sie machte die Augen wieder auf und konnte es kaum glauben, wie leuchtend das Grün von seinen Augen war. Und die Sommersprossen, die er offenbar nach Lust und Laune auftauchen oder verschwinden lassen konnte, waren ihr so nah, dass sie sie hätte zählen können. Nur hatte sie im Augenblick ein völlig anderes Problem.

»Hast du mit dem Mädchen gestern Abend geschlafen?« Die Frage kam für sie beide überraschend. Jordan hatte sie nicht stellen wollen. Sie war ihr einfach herausgerutscht.

Reeves wirkte kurzfristig verwirrt, dann aber schüttelte er vehement den Kopf. »Mit dieser Dumpfbacke? Vielleicht habe ich in den letzten fünfunddreißig Jahren nicht immer wie ein Mönch gelebt, aber etwas mehr Vertrauen solltest du schon zu mir haben. Ich habe sie gestern in einer Kneipe aufgerissen und mit ins Palace geschleppt«, gab er leise lachend zu. »Helmut hatte nach unserem Treffen in seinem Büro erwähnt, dass ihr dort zum Essen eingeladen seid. Sobald ihr gegangen wart, habe ich sie abserviert. Nie zuvor in meinem Leben habe ich derartige Flüche aus dem Mund von einer Frau gehört.«

»Weshalb hättest du dir solche Mühe machen sollen?« Inzwischen waren ihre Hände wieder frei und erforschten neugierig das interessante Muster der Haare auf seiner Brust.

Er schob sich über sie und neigte seinen Kopf. »Was glaubst du denn?«, fragte er sie dicht an ihrem Ohr.

»Weil du mich eifersüchtig machen wolltest?«, fragte sie ihn scheu zurück.

»Du hast's kapiert!«

»Oh Reeves.« Sie stieß einen erleichterten Seufzer aus. »Ich bin hierhergekommen, um dir die Augen auszukratzen, aber jetzt …« Seine Lippen glitten über ihren Hals, und sie brach benommen ab. »Du bist einfach zu schnell für mich. Ich kann nie mit dir Schritt halten. Erst machst du mich wütend, und dann bringst du mich völlig aus dem Konzept. Du bist völlig anders als alle anderen Männer, denen ich bisher begegnet bin. Was soll ich nur mit dir machen?«

Er sah wieder auf und bedachte sie mit einem vielsagenden Blick. »Ich hätte da eine Idee«, erklärte er gedehnt.

»Nein!« Sie versuchte, ihn von ihrem Bauch zu schieben, und als sie erkannte, dass dieser Versuch vollkommen sinnlos war, warf sie ihren Kopf von einer Seite auf die andere, doch sein gnadenloser Mund nahm die Verfolgung auf. »Reeves, das, was zwischen uns beiden war …«

»War einfach unbeschreiblich.«

»Ja … ich meine, *nein*. Es war falsch. Ich weiß nicht, warum ich …« Er hatte ihren Mund erwischt, und während er eine Reihe sanfter Küsse auf ihn niederregnen ließ, fuhr sie mühsam fort. »Ich … wir können nicht … wir dürfen nicht …«

»Doch wir können. Und wir dürfen.«

»Nein, ich will nicht.«

»Du bist eine Lügnerin. Eine dicke, fette Lügnerin.« Jetzt war er die Spielchen leid, versiegelte ihren Mund mit einem heißen Kuss und erstickte dadurch jeden weiteren Protest.

Ihrer beider Münder trafen sich mit einem Hunger, der schon viel zu lange nicht befriedigt worden war. Seine Zungenspitze flackerte verführerisch über ihre halb offenen Lippen und quälte sie unbarmherzig, ehe er sie endlich zwischen ihre Zähne schob und dort ihren herrlichen Geschmack genoss. Und auch sie lag nicht nur einfach reglos da, sondern umfing seine Zunge fest mit ihrem Mund, bis er vor Vergnügen stöhnte, und als er sich von ihr löste, machte er das nur, damit sie Luft bekam. Sie wandte ihr Gesicht dem Kissen zu, während er die Lippen über ihren Hals zurück in Richtung ihres Ohres wandern ließ.

»Reeves«, wisperte sie, »ich liebe dieses Bett.«

»Warum?«

»Weil es noch warm von deinem Körper ist. Und weil es nach dir riecht.«

»Oh Gott.«

Er schlang seine Arme um ihren Körper und rollte sich mit ihr herum, bis sie auf ihm lag. Dann zog er ihr schnell die Jacke aus, griff nach dem Saum ihres Pullovers, schob ihn über ihren Bauch, die Brüste und die Schultern und am Ende über ihren Kopf.

Lachend zog sie ihre Arme aus den Ärmeln, und er warf den Pulli achtlos fort und bedachte ihre straffen Brüste mit einem beinahe ehrfürchtigen Blick. Dann zog er mit den Fingerspitzen die Konturen nach und erklärte rau: »Sie sind einfach wunderschön.« Vorsichtig hob er die beiden prallen Kugeln an und genoss die Fülle, die in seinen Händen lag, während er mit seinen Daumen zärtlich über ihre rosig braunen Brustwarzen strich. »Ich liebe es zu sehen, wie sie sich anspannen.«

Jordan bog den Rücken durch und stieß ein leises Keuchen aus, als er eine Hand in ihren Nacken legte, sie zu sich herunterzog und sie gierig küsste, während seine andere Hand auf ihrem Busen liegen blieb und ihn auf eine Art liebkoste, die ihr regelrecht den Atem nahm.

Erst dachte sie, sein berauschender Kuss riefe ein Gefühl des Schwindels in ihr wach, dann aber wurde ihr klar, dass sie plötzlich wieder auf dem Rücken lag.

Als ihr Kopf bequem auf seinem Kissen lag, ließ sein Mund von ihren Lippen ab und knabberte an ihrem Hals und ihrem Busen, bevor er eine ihrer Brustwarzen umfing. Er spannte vorsichtig die Wangen an und sog ihre Süße in sich ein. Seine Zunge wurde ein kreisendes, flackerndes Instrument der Sinnlichkeit und rief ein nie gekanntes Maß an Erregung in ihr wach.

Sie erbebte unter ihm.

»Jordan. Ich will dich. Ich will dich, seit ich deine Wohnung an dem Morgen nach dem Gewitter verlassen habe. Nie in meinem Leben ist mir etwas derart schwergefallen, wie dich in dem Bett liegen zu lassen. Gott, ich habe dich gestern so begehrt, dass es richtig weh tat.«

Er schob sich an ihr herauf, bis sein Gesicht dicht über ihrem lag. Ohne sie aus den Augen zu lassen, drückte er sanft ihre Knie auseinander, rückte zwischen ihre Schenkel, und sie passten mit einer Genauigkeit zueinander, dass es geradezu erstaunlich war.

»Spürst du, wie richtig es ist?«, flüsterte er eindringlich.

»Ja«, antwortete sie und presste ihren Leib gegen die Härte, die ihr zeigte, wie groß sein Verlangen war. »Ah, Jordan, Jordan … ich möchte mit dir schlafen.«

Er küsste sie besitzergreifend auf den Mund, und als er am Reißverschluss von ihrer Hose nestelte, war das metallische Wispern des sich öffnenden Verschlusses das einzige Geräusch im Raum. Dann glitt seine Hand gemächlich über ihren Bauch und ihren Nabel unter den spitzengesäumten Rand von ihrem Slip. Er spürte seidige Haut und flauschig weiches Haar. Und …

Er seufzte leise auf. »So weich. So feminin. Ich

brauche dich, Jordan. Und du brauchst mich. Jetzt, in diesem Augenblick.«

Dann legte er den Finger mit verblüffender Genauigkeit auf ihrem Venushügel ab, und sie zog sich um ihn zusammen und stieß stöhnend aus: »Ja, Reeves. Jetzt.«

»Jordan, du musst wissen …«, setzte er mit rauer Stimme an, bevor ihn das Klingeln des Telefons auf seinem Nachttisch unterbrach.

7

Reeves fluchte unfein, als das Telefon noch einmal klingelte. Sie erstarrten, sahen einander an, und Jordan setzte ein resigniertes Lächeln auf, als er sich von ihr herunterschob und den Hörer von der Gabel riss.

»Grant«, bellte er und blickte Jordan an, als der Anrufer sich zu erkennen gab. »Hallo, Helmut«, grüßte er vielsagend.

Jordan warf ihre Hände vors Gesicht, rollte sich auf die Seite und stieß ein ersticktes Schluchzen aus.

»Nein, Sie haben mich nicht geweckt. Ich war schon auf«, erklärte er gereizt und sah Jordan dabei böse an.

Sie richtete sich auf, rutschte an den Rand des Betts, streckte ihre Hand nach ihrem Pullover aus, zog ihn eilig wieder an, schloss den Reißverschluss von ihrer Jeans und fuhr sich mit zitternden Händen durch das Haar.

Während Helmut mit dem Fotografen sprach, trat sie ans Fenster, starrte auf den See, der im Licht der ersten Sonne glitzerte, und umklammerte das Zugseil des Rollos. Sie hörte Reeves fragen: »Haben Sie schon versucht, Jordan zu erreichen?«

Sie wirbelte zu ihm herum. Er hielt den Telefonhörer ans Ohr, sah sie fragend an, und als ihre grauen Augen flehten, Helmut nicht zu sagen, dass sie bei ihm war, verzog er grimmig das Gesicht, gab aber in ruhigem Ton zurück: »Nein, wahrscheinlich ist sie noch nicht wach.«

Er hörte eine Zeitlang zu und starrte weiter Jordan an, die noch immer reglos am Fenster stand. »Klingt toll. Wo sollen wir uns treffen? Okay … in einer Stunde … ja. Bis dann.«

Nachdem Helmut das Gespräch beendet hatte, drückte Reeves den Telefonhörer noch einen Augenblick gegen sein Ohr und sah seinen Gast aus vor Zorn funkelnden Augen an. Dann nahm er den Hörer in die andere Hand, legte ihn wieder auf die Gabel, bückte sich nach Jordans Jacke, stand entschlossen auf und ging zur Tür. Dort blieb er stehen, stemmte seine freie Hand in seine Hüfte und hielt ihr ihre Jacke hin.

Was eine eindeutige Geste war. Obwohl sie mit den Tränen kämpfte, reckte sie das Kinn und marschierte auf ihn zu.

Als sie einen Meter vor ihm stand, warf er ihr die Jacke derart rüde zu, dass sie eilig die Hände heben und sie fangen musste, ehe sie zu Boden fiel.

»Dein Verlobter möchte heute mit uns wandern gehen«, klärte er sie mit gedehnter Stimme auf. »Ich schlage also vor, dass du wie ein braves Mädchen schnell nach Hause läufst, denn in einer guten Viertelstunde ruft er bei dir an. Stets der echte Gentleman gestattet er dir noch ein paar Minuten Schlaf.«

Sein spöttischer Ton verletzte sie derart, dass sie zusammenfuhr. Doch er war noch nicht fertig. »Wir sehen uns in circa einer Stunde. Treffpunkt ist hier vor dem Hotel.«

Sie ging an ihm vorbei, und als ihre Hand die Türklinke ergriff, fügte er hinzu: »Vergiss nicht, verschlafen und überrascht zu klingen, wenn du mit ihm sprichst.«

Sie bedachte ihn mit einem bitterbösen Blick, aber bevor sie aus dem Zimmer stürzen konnte, packte er sie wenig sanft am Ellenbogen und zwang sie, ihm noch einmal ins Gesicht zu sehen. »Was das Wachwerden betrifft, kommt eine Tasse Kaffee ganz eindeutig nicht gegen dich an«, stellte er verächtlich fest, schob sie, ehe sie ihm eine Antwort geben konnte, durch die Tür und warf sie krachend hinter ihrem Rücken zu.

Sie fuhr wieder hinunter in die Eingangshalle, schlich sich unbemerkt am Empfangstresen vorbei aus dem Hotel und kam in dem Augenblick, in dem ihr Telefon anfing zu läuten, atemlos in ihrer Wohnung an. Reeves' erniedrigende Worte im Gedächtnis ging sie an den Apparat und meldete sich möglichst gut gelaunt.

»Bist du schon wach, Schatz?«, fragte Helmut überrascht.

Sie empfand es als Erleichterung, dass sie zumindest ehrlich sagen konnte: »Ja, ich bin schon eine ganze Weile auf. Bill hat heute Morgen angerufen.«

»Ich kann mir vorstellen, warum«, stellte Helmut

fest und lud sie zu der Wanderung, von der schon Reeves gesprochen hatte, ein.

»Klingt toll.«

»Genau das hat Reeves auch gesagt.«

Oh Gott. Es stimmte. Reeves hatte genauso reagiert.

»Schaffst du es bis neun?«, wollte Helmut wissen. »Ich habe Reeves gesagt, wir würden uns im Europa treffen. Macht es dir sehr viel aus, allein dorthin zu gehen?«

Da sie bereits im Morgengrauen allein zu dem Hotel gelaufen war, hätte sie um ein Haar gelacht. »Nein, überhaupt nichts«, antwortete sie und war von ihrer ruhigen Stimme überrascht.

»Dann sehen wir uns gleich dort.« Gewohnt abrupt legte er wieder auf.

Sie zog sich mechanisch an. Die Jeans, die sie schon trug, war okay, aber dazu kamen noch ein Paar dicker Socken und die Wanderschuhe, die sie kurz nach ihrem Umzug nach Luzern erstanden hatte, weil das Wandern in der Schweiz eine beliebte Freizeitbeschäftigung war.

Dann ging sie ins Bad und zog ihren Skipullover aus. Als sie die roten Flecken sah, die Reeves' Bartstoppeln auf ihren Brüsten hinterlassen hatten, hätte sie gern erbost geschnaubt. Stattdessen wurde ihr bei der Erinnerung an seine wunderbaren Küsse wohlig warm. Denn auch wenn sie sich dafür in Grund und Boden schämte, rief der sichtbare Beweis seiner maskulinen Aggression freudige Erregung in ihr wach.

Und auch ihr Gesicht wies Spuren seiner Liebe auf. Ihre Lippen wirkten herrlich voll und gut geküsst, und das wenige Make-up, das sie vorhin um die Augen herum aufgetragen hatte, war von seinen stürmischen Liebkosungen verwischt. Hastig wusch sie ihr Gesicht und trug frische Schminke auf.

Danach band sie ihr Haar zu einem Pferdeschwanz und zog entschlossen einen Büstenhalter, eine Bluse und einen marineblauen Pullover mit V-Ausschnitt an. Nichts an ihrer Aufmachung sah auch nur ansatzweise weiblich aus. Genau aus diesem Grund hatte sie sie gewählt.

Es versprach ein klarer, warmer Tag zu werden, deshalb zog sie statt ihres pelzbesetzten Anoraks nur eine dünne Jacke an, stopfte Bürste, Creme und Lippenstift in einen kleinen Rucksack und ging wieder aus dem Haus.

Die Straßen waren wesentlich belebter, während sie abermals in Richtung des Europa ging. Helmut und Reeves saßen bereits auf der Veranda und tranken gemütlich Kaffee.

Sie blickte vorsichtig auf Reeves, als sie von Helmut einen routiniert vertrauten Kuss bekam, murmelte leise »Guten Morgen« und trat eilig einen Schritt zurück.

»Du bist wütend auf mich«, stellte Helmut unerwartet fest.

»Was?«, fragte sie verwirrt.

»Wegen unserer Verlobung. Weil das Geheimnis gelüftet ist. Es steht in sämtlichen Zeitungen Europas und vielleicht Amerikas. Es tut mir leid. Anscheinend konnte einer meiner Gäste den Mund nicht halten.« Er nahm versöhnlich ihre Hand.

Abermals wagte sie einen Blick auf Reeves, doch der war völlig in das Reinigen der Objektive seiner Kamera vertieft. »Ich …«

»Ich hoffe, dass du deshalb nicht allzu böse bist«, fiel Helmut ihr ins Wort. »Ich für meinen Teil bin hocherfreut, da nun endlich alle wissen, dass du mir gehörst.«

Diese chauvinistische Bemerkung störte sie, aber sie wollte keine Szene machen, während Reeves daneben saß, und so sagte sie nur: »Es ist nicht mehr zu ändern, also reden wir einfach nicht mehr davon.«

Helmut küsste ihre Handfläche, richtete sich wieder auf und wollte von ihr wissen: »Möchtest du was essen, Schatz? Wir haben noch jede Menge Zeit. Die Hotelküche packt uns nämlich noch ein Picknick ein.«

»Nur ein Croissant und eine heiße Schokolade, bitte«, sagte sie, legte ihren Rucksack auf dem Stuhl neben dem Fotografen ab und nahm den beiden Männern gegenüber Platz.

Während sie an ihrer Schokolade nippte, unterhielten sich die beiden Männer über das Für und Wider der letzten Ölpreiserhöhung durch die OPEC, und sie nutzte die Gelegenheit, um sich Reeves genauer anzusehen. Er trug graue Wildleder-Shorts, einen weißen Strickpullover, dunkelgrüne Kniestrümpfe, deren Farbe zu dem ledernen Besatz von seiner Hose passte, sowie braune Wildlederwanderschuhe mit roten Schnürsenkeln und hatte eine leuchtend gelbe Regenjacke über seiner Kameratasche abgelegt. Er war auf eine robuste Weise attraktiv. Die morgendliche Brise, die vom See herüberwehte, zerzauste das dunkelbraune Haar, in dem rötliche Strähnen schimmerten. Wegen des hellen Sonnenlichts kniff er die Augen zusammen, und ihr fielen seine dichten, sanft geschwungenen Wimpern auf.

Als Helmut etwas sagte, zupfte er geistesabwesend an seinem Ohrläppchen, und völlig unerwartet wurde ihr bewusst, dass sie ihm hoffnungslos verfallen war.

Sie liebte diesen Mann.

Was natürlich vollkommen unmöglich war. Derart attraktive und vitale Männer gab es nur im Film. Sie stolperten nicht plötzlich in das Leben einer kleinen Verkäuferin. Doch er hatte es getan. Nur dass er nicht gestolpert, sondern mit der Gewalt eines Gewitters über ihr Leben hereingebrochen war. Während sie ihn weiter ansah, wurde ihr bewusst, dass sie ihn schon liebte, seit sie ihm zum allerersten Mal begegnet war. Sonst wären die Dinge, die sich während ihrer ersten Nacht ereignet hatten, nie geschehen.

Sie hatte es nicht leicht genommen, mit dem Mann ins Bett zu gehen. Hatte es aus einem Gefühl heraus getan, von dem sie inzwischen wusste, dass es Liebe war. Und hätte nicht Helmut heute Morgen angerufen, läge sie vielleicht auch jetzt mit ihm im Bett.

Obwohl Reeves die Sache anscheinend völlig anders sah. Ihn trieben keine derartigen Emotionen an. Er fand sie anziehend, und er wollte mit ihr schlafen, ja. Doch wenn er Luzern für sein nächstes Projekt verließe, würde sie bereits nach kurzer Zeit durch eine andere Frau in einer anderen Stadt, in einem anderen Land, auf einem anderen Kontinent ersetzt.

Sie machte sich keine Illusionen. Seifenblasen waren wunderschön, aber sie platzten eben leicht. Und Sandburgen wurden schon von der nächsten Flut zerstört. Reeves würde sie verlassen, und was würde dann aus ihr?

Dann stünde sie ohne Helmut da, denn sie müsste ihm bald sagen, dass sie nicht die Absicht hatte, ihn zu heiraten.

Ohne ihren Job, denn auch wenn sie Bill durchaus sympathisch war, würde er nicht wagen, irgendwas zu tun, wodurch Mr Bauerman seinen Zorn gegen ihn richten konnte.

Ohne den Mann, dem ihre ganze Liebe galt.

Sie konnte die Tränen nicht mehr zurückhalten, und da das helle Sonnenlicht, das sich im Wasser spiegelte, einen guten Vorwand für die feuchten Augen bieten würde, sah sie eilig Richtung See. Reeves durfte nicht erfahren, was sie für ihn empfand. Sich gegen ihn zu stählen wäre schwer, doch nicht unmöglich, und sie hatte keine andere Wahl. Er durfte nicht mal ahnen, was sie fühlte, denn dann könnte er zwar rückblickend vor seinen Kumpels damit prahlen, dass sie durchaus attraktiv und gleich mit ihm ins Bett gegangen war, aber er könnte nie behaupten, dass sie hoffnungslos naiv gewesen war.

Als sie ihren Namen hörte, fuhr sie schuldbewusst zusammen. »Bist du fertig?«, wollte Helmut von ihr wissen, während er auf das nur halb gegessene Croissant und ihren noch halb vollen Becher wies.

»J...ja. Ich schätze, ich habe einfach keinen großen Appetit.«

»Dann lasst uns gehen.« Er griff nach dem Korb, den einer der Angestellten des Hotels ihnen gebracht hatte, und ging vor ihnen die steile Treppe hinunter, dorthin, wo die Limousine stand.

»Jordan, du hast noch gar nichts zu Reeves Aufzug gesagt. Er sieht aus wie einer von uns, nicht wahr?«, fragte Helmut sie.

Sie blickte auf Reeves, als nähme sie ihn erst jetzt überhaupt wahr. »Allerdings«, stimmte sie ihrem Verlobten fröhlich zu.

»Ich war gestern einkaufen, und da habe ich dieses Ding entdeckt.« Grinsend wies er auf die Lederhose, die er trug. »Hoffentlich werden meine Knie darin nicht zu kalt«, stellte er mit einem derart jungenhaften Grinsen fest, dass Jordan den Entschluss, den sie eben erst gefasst hatte, sofort wieder vergaß.

Sie blickte auf die langen, schlanken Beine mit den steinharten Muskeln und das dunkle, drahtige Haar auf seinen Knien und erinnerte sich daran, wie sie sie geküsst hatte, als er während der Gewitternacht bei ihr gewesen war. Sie hatte neben ihm gekniet, sich über ihn gebeugt, ihr Haar hatte über seine Schenkel gestrichen, und er hatte eine der seidigen Strähnen umfasst und ihr erklärt, sie fühle sich fantastisch an. Dann hatte sie ihre Wange auf dem straffen Schenkel abgelegt.

Sie sah ihm ins Gesicht, und ihr wurde unerträglich heiß. Anscheinend hatte er an denselben Zwischenfall zurückgedacht, denn in seinen Augen loderte ein grünes Feuer auf, die Feindseligkeit des Morgens löste sich in Wohlgefallen auf, und sie lächelten einander an.

Dann aber erlosch die Glut in ihren Augen, sie verzog unglücklich das Gesicht und wandte sich eilig wieder ab.

Seine Kameratasche, ihr Rucksack und der Picknickkorb wurden im Kofferraum verstaut, sie nahmen im Fond des Wagens Platz, und Henri fuhr sie an den Fuß der grasbewachsenen Hügel, den Ausgangspunkt der Wanderung. »Der Weg ist nicht besonders steil und deswegen auch nicht besonders anstrengend«, klärte Helmut seine Gäste auf.

Das war er tatsächlich nicht, obwohl das Trio schwer an Taschen und an Körben trug. Selbst Familien mit kleinen Kindern hatten dieses Ausflugsziel gewählt, Liebespaare, die sich mehr füreinander als für die Bewegung interessierten, schlenderten Arm in Arm die Anhöhe hinauf, und eine Gruppe Jugendlicher spielte gut gelaunt mit einem Ball. Einer schoss ihn ein paar Meter den Berg hinauf, und wenn er wieder herunterrollte, war der Nächste dran. Es sah ziemlich ermüdend aus, und Helmut nickte anerkennend mit dem Kopf, als er die jungen Burschen sah.

Sie liefen, mit mehreren Pausen, ungefähr zwei Stunden, bis sie ein Plateau an der Baumgrenze erreichten und beschlossen, dass es der ideale Platz für ihr mittägliches Picknick war. Helmut hatte eine Decke aus dem Kofferraum der Limousine mitgebracht und breitete sie auf dem Gras aus, das bereits ein bisschen braun geworden war.

Jordan stellte ihren Rucksack auf der Erde ab, und Reeves nahm seine Nikon aus der Tasche, ließ sich auf die Decke fallen und fing sofort mit Schnappschüssen von Jordan und Helmut vor dem Hintergrund der Berge an.

Sie ruhten sich eine Weile aus, plauderten und scherzten über ihre schlechte Kondition, bevor Jordan den Picknickkorb entlud. Sie schlug den beiden anderen auf die Hände, ehe sie etwas stibitzen konnten, als plötzlich zwei junge Männer auf sie zugelaufen kamen. Beide hatten kurze Laufhosen, ärmellose T-Shirts sowie – wenig passend – Wanderschuhe an.

Einer der beiden atmete tief ein und sah Helmut fragend an: »Herr Eckherdt?«

Helmut richtete sich auf, bejahte, und der junge Mann zog einen von seinem gesunden Schweiß durchtränkten Umschlag aus dem Bund von seinen Shorts.

Auf Helmuts fragenden Blick setzte er zu einer eiligen Erklärung an. »Ihr Chauffeur hat mich gebeten, Ihnen das hier zu bringen. Ich bin Marathonläufer, und als er sah, dass ich hier rauflaufe, hat er mich gebeten, Sie zu suchen und Ihnen dieses Schreiben auszuhändigen.« Er sah seinen Begleiter an, und der nickte zustimmend.

»Danke«, sagte Helmut, schob die Hände in die Hosentaschen und drückte jedem der beiden einen Geldschein in die Hand.

»Danke«, sagten auch sie und liefen wieder los.

Helmut öffnete den Umschlag, überflog die kurze Nachricht und fing an zu fluchen. »Tut mir leid, ihr beiden, aber ich muss in die Stadt zurück. Ein Flugzeug meines Unternehmens ist irgendwo über Kanada verschollen. Ich muss in der Firma sein, wenn es Neuigkeiten gibt.«

»Natürlich«, antwortete Jordan und packte das Essen eilig wieder ein.

»Nein, Jordan.« Helmut ergriff ihre Hände und schüttelte den Kopf. »Ich fühle mich auch so schon schlecht genug. Da will ich euch nicht auch noch den Tag verderben. Du und Reeves bleibt hier und picknickt wie geplant.«

»Aber, Helmut …« setzte sie zu einer Widerrede an.

»Ihr könnt sowieso nichts tun, Liebling. Ich im Grunde auch nicht, doch ich muss dort sein, falls sich unsere schlimmsten Befürchtungen bewahrheiten.«

»Aber …«

»Ich bestehe darauf, dass ihr noch bleibt. Genießt den Tag. Ich wünschte mir, ich müsste euch nicht so plötzlich im Stich lassen. Verdammt.«

»Sie brauchen sich nicht zu entschuldigen, Helmut«, erklärte Reeves. »Ich kann nur hoffen, dass das

Flugzeug und die Besatzung wohlbehalten wieder auftauchen.«

»Ich auch«, stimmte ihm Jordan leise zu.

Helmut küsste sie flüchtig auf den Mund. »Falls ich es schaffe, rufe ich dich heute Abend an, Liebling.«

»Ich werde den Korb wieder ins Hotel und Jordan nach Hause bringen«, erbot sich Reeves.

»Danke, mein Freund.« Damit machte Helmut kehrt und lief den Berg hinab.

Jordan sah ihm nach, bis er hinter ein paar hohen Kiefern verschwand, und plötzlich wurde ihr bewusst, dass sie abermals mit Reeves alleine war. Und auch Reeves war sich der Tatsache bewusst. Weshalb die Spannung zwischen ihnen beinahe mit Händen greifbar war. Jordan hatte Angst, ihm ins Gesicht zu sehen, denn sie hatte keine Ahnung, in welcher Stimmung er war.

Schließlich war er es, der die Spannung unterbrach. »Also, Frau, mach dich ans Werk. Ich habe einen Bärenhunger.« Er klappte den Deckel des Picknickkorbes wieder auf.

»Hast du noch nichts von Emanzipation gehört?«, fuhr sie ihn an.

Er runzelte die Stirn. »Doch. Und wer hatte diese dämliche Idee?«

Schließlich half er ihr, die Sachen auszupacken. Zu ihrem Entzücken war Helmuts Vorstellung von einem Picknick einfach lächerlich. Es gab Gläser mit silbernem Schraubverschluss voller Pasteten und Kaviar, geräucherten Lachs und Austern, ein kaltes gebratenes Hühnchen, das bereits zerlegt und seiner Knochen entledigt war, eine Auswahl an Saucen, eingelegte Gurken, Oliven, gefüllte Eier, eingemachtes Obst, in Leintücher gehüllte Laibe Brot, die außen kross und golden, innen aber weich und saftig waren, ganze Käse, ein Tonschälchen mit Butter sowie eine Schachtel Pralinen und eine Auswahl süßer Törtchen zum Dessert. Eine Flasche deutscher Weißwein, eine Flasche Cognac sowie eine Thermoskanne Kaffee waren an der Seite des Korbes festgemacht, damit sie nicht umfielen, und außerdem hatten die Leute im Hotel auch noch Porzellanteller, Silberbestecke und Leinenservietten eingepackt.

»Mein Gott«, entfuhr es Reeves. »Wen wollte Helmut mit dem ganzen Zeug bewirten?«

»Was ich nicht verstehe, ist, wie er es geschafft hat, das alles den Berg heraufzuschleppen. Ich hatte keine Ahnung, wie schwer dieser Korb war. Du?«

»Nein. Ich bin nur froh, dass er mich nicht gebeten hat, ihm beim Tragen zu helfen.«

Sie aßen, bis sie das Gefühl hatten zu platzen, tranken fast den ganzen Wein, korkten aber auf Jordans Anraten die Flasche wieder zu, bevor sie zu betrunken für den Rückweg waren, und danach machte sich Jordan gierig über die Pralinen her und Reeves futterte zwei der Törtchen und leckte sich die kalorienhaltige Füllung von den Fingern ab.

Schließlich packten sie all das, was sie nicht hatten essen können, sorgfältig wieder ein, und Jordan stand auf und streckte sich. »Ich muss mir ein paar der Kalorien, die ich gerade in mich reingestopft habe, wieder ablaufen.«

»Gute Idee. Ich wollte sowieso noch etwas weitergehen.«

»Und wer trägt den Korb?«

Stirnrunzelnd sah er auf das Ding, das nur unwesentlich leichter geworden war. »Wie wäre es mit einem Kompromiss?«, schlug er ihr vor. »Wenn du außer deinem Rucksack auch noch meine Tasche tragen kannst, übernehme ich den Korb.«

»In Ordnung.«

»Bist du sicher? Sie ist ganz schön schwer.«

»Mein Rucksack nicht. Ich glaube, das kriege ich hin.«

Sie rückten ihr Gepäck zurecht und stiegen dann den Berg ein Stück weiter hinauf. Sie hatten die Baumgrenze noch nicht erreicht, und der Weg war auch nicht steil, aber der Boden wurde immer felsiger, und die meisten anderen Wanderer, die sie sahen, liefen nicht so hoch wie sie.

»Bist du jemals richtig berggestiegen?«, fragte Jordan atemlos, während sie neben Reeves über die Steine kletterte.

»Soll das ein Witz sein?«, gab er erbost zurück.

Sie fing an zu lachen. »Oh. Ich hatte vergessen, dass du Höhenangst hast.«

»Ein Mensch, der sich ohne guten Grund an eine Bergwand hängt, ist eindeutig verrückt.«

»Aber das hier stört dich nicht.«

»Nein. Hier hänge ich schließlich nicht an irgendwelchen Seilen, suche irgendeinen Halt für meinen Fuß und … Gott, bereits, wenn ich daran denke, kriege ich eine Gänsehaut.«

»Vielleicht hast du einfach eine Gänsehaut, weil es allmählich kühler wird«, stellte sie fest. »Ich glaube, ich ziehe meine Jacke an.« Sie stellte seine Kameratasche auf einen glatten Stein, nahm ihren Rucksack ab, zog ihre Jacke daraus hervor und zog sie an. »Willst du deine Jacke nicht auch anziehen?«

»Nein. Dieser Pullover ist der reinste Ofen. Mir ist total warm.«

Sie marschierten weiter, sprachen aber nicht mehr viel, weil ihnen das Atmen mit zunehmender Höhe immer schwerer fiel.

»Ich … glaube … ich brauche … eine … Pause«, stieß sie schließlich keuchend aus.

»Gute Idee«, stimmte er zu, während er sich unter einer Kiefer auf den Boden fallen ließ. »Ich hätte schon vor zwanzig Minuten eine Pause machen können, aber wenn ich vor dir aufgegeben hätte, hätte das meinem Macho-Image irreparablen Schaden zugefügt.«

»So schnell gerät deine Männlichkeit bestimmt nicht in Gefahr«, entfuhr es ihr spontan.

Kaum waren die Worte heraus, hätte sie sie am liebsten zurückgenommen. Schließlich gab sie dadurch praktisch zu, wie anziehend er war. Er zog fragend eine Braue hoch, und sie wurde puterrot. »Ach ja? Erzähl mir mehr von meiner Männlichkeit.«

»Nie im Leben«, gab sie säuerlich zurück. »Du bist schließlich schon eingebildet genug.«

Noch immer grinsend stand er wieder auf, nahm die Decke aus dem Korb und breitete sie im Schutz des Baumes aus. »Lass uns ein bisschen ausruhen, bevor wir uns auf den Rückweg machen.«

Sie nahm Platz, lehnte sich mit dem Rücken an den Stamm und stieß einen müden, aber durch und durch zufriedenen Seufzer aus. Ohne sie um Erlaubnis zu bitten, legte er sich auf den Rücken, schob gemütlich seinen Kopf in ihren Schoß und klappte mit einem gut gelaunten »Gute Nacht« die Augen zu.

Sie räusperte sich vernehmlich. »Mr Grant.« Er machte ein Auge wieder auf und sah sie durch den Wald aus dunklen Wimpern hindurch fragend an.

»Wer hat sich dieses Arrangement zum Schlafen ausgedacht?«, wollte sie von ihm wissen.

»Ich habe Anspruch auf die bequemste Position. Schließlich habe ich die größte Last geschleppt«, erklärte er.

»Aber du bist stärker als ich. Du bist ein Mann, und ich bin eine Frau.«

»Das ist mir bereits aufgefallen«, stellte er genüsslich fest, während er den Blick auf ihre Brüste fallen ließ.

Eilig wandte sie sich wieder ihrem eigentlichen Thema zu. »Ich muss immer zwei Schritte machen, wenn du einen machst. Weil deine Beine länger sind.«

»Dafür sind deine weicher. Und schöner geformt.« Er griff hinter seinen Kopf, schob die Hand unter den

Stoff von ihrer Jeans, umfasste ihre Wade, und sofort spannten sich ihre Muskeln an. »Tatsächlich bist du überall weich und wohl geformt.«

»Meine Anatomie ist nicht unbedingt das passende Gesprächsthema«, gab sie sittsam zurück.

»Ich finde durchaus, dass sie das ist. Seit du mich an dem Abend des Gewitters zu dir eingeladen hast, ist sie praktisch das Einzige, woran ich überhaupt noch denken kann.«

»Das ist nicht gesund.«

»Uh-huh. Du gibst mir das Gefühl, ausnehmend gesund zu sein. Und manchmal auf eine fast peinliche Weise stark.«

Sie knabberte an ihrer Unterlippe und wandte sich verlegen wieder ab.

Lass ihn nicht so reden, sagte sie sich streng. Steh auf. Geh weg. Nimm die Beine in die Hand und lauf. Aber dann ergriff er lachend ihre Hand, küsste deren Innenseite, glitt mit seinem Mund in Richtung ihres Handgelenks, und unter der sanften, feuchten Liebkosung seiner Lippen löste sich der Gedanke an Flucht oder an Widerstand umgehend in Wohlgefallen auf.

Als sie auf ihn heruntersah, während er an ihren zarten Knochen knabberte, wogte wieder heiße Liebe in ihr auf. »Reeves?«

Ihre leise Stimme weckte seine Aufmerksamkeit mehr, als wenn sie ihn angeschrien hätte. »Ja?« Er blickte zu ihr auf.

»Ich konnte dich Helmut nicht sagen lassen, dass

ich heute Morgen bei dir war. Das verstehst du doch, nicht wahr?«

Er murmelte einen Fluch. »Ja. In dem Moment war ich furchtbar wütend, aber …« Er blickte in die Ferne, doch schließlich wandte er sich Jordan wieder zu. »Der Mann hat mich vorhin als Freund bezeichnet.« Was ein kleines Zugeständnis war. Damit zeigte er, dass er verstand, welche Loyalität sie dem anderen gegenüber empfand. Er verlagerte ein wenig sein Gewicht und stützte sich auf einem Ellenbogen ab. »Jordan, lass uns heute nicht von Helmut reden, ja?«

»Reeves …«

»Bitte. Nur heute nicht. Was morgen ist, werden wir sehen.«

Er hatte leicht reden. Schließlich konnte er auch einfach seine Sachen packen und verschwinden. Ohne schlechtes Gewissen, Schuldgefühle oder wenigstens Bedauern. Während sie …

Trotzdem konnte sie dem stummen Flehen, das sie seinem Blick entnahm, unmöglich widerstehen. »In Ordnung«, hörte sie sich sagen, während ihr noch die gegenteilige Antwort auf den Lippen lag.

Er griff hinter ihren Kopf und öffnete die Spange, die ihr Haar zusammenhielt. Sofort wogte es um ihr Gesicht und ihren Hals, und lächelnd legte er den Kopf wieder in ihren Schoß. »Küss mich«, bat er sie.

Der Würfel war gefallen.

Jordan dachte nicht einmal daran, ihm diese Bitte abzuschlagen. Sie beugte sich über ihn und presste ihre Lippen sanft auf seinen Mund.

Er lag völlig reglos da. Ging nicht auf die Berührung ein, wies sie aber auch nicht zurück. Er forderte sie eindeutig heraus.

Sie glitt mit ihrer Hand über seinen Bauch, schob sie unter seinen dicken Pulli, streichelte die warme, pulsierende Haut und spreizte ihre Finger über dem drahtigen Haar auf seiner Brust, legte dann die Hand flach auf die maskulinen Konturen und massierte sie.

Dann öffnete sie leicht den Mund und bedeckte sein Gesicht mit federleichten Küssen, von denen er nicht sicher wusste, ob sie seiner Fantasie entsprangen oder nicht. Da seine Augen noch immer geschlossen waren, konnte er nicht sagen, wo der nächste Hauch ihn treffen würde, denn obwohl sie seine Schläfen, seine Brauen, seine Lider, seine Nase, seine Wangen und den Kiefer küsste, ging sie nicht nach einer festgelegten Reihenfolge vor, weshalb er jeden Kuss als unerwartetes Geschenk empfand. Schließlich arbeitete sie sich zurück zu seinem Mund und sah, dass seine Lippen ihren Namen formten, auch wenn kein Laut zu hören war.

Ihre warme, nasse Zunge streichelte erst seine Unterlippe und brachte danach seine Mundwinkel dazu, sich zu entspannen, während sie zugleich mit ihren Fingerspitzen nach dem harten Kiesel suchte, der auf seiner Brust in einem Nest aus dunklem Haar verborgen war. Ihm entfuhr ein Stöhnen, als sie sanft mit seinem Nippel spielte, während ihre Zunge darauf drängte, dass sie endlich Einlass in seinen geschlossenen Mund bekam.

Schließlich gab er nach, schlang ihr einen seiner Arme um den Hals, zog sie noch dichter auf sich herab und erlaubte ihrer Zunge, sich an seinem Gaumen zu vergehen.

»Du schmeckst nach Schokolade«, stieß er zwischen zwei Küssen keuchend aus.

»Tut mir leid.«

»Das braucht es nicht. Weil du einfach köstlich bist.«

»Du auch.«

Sie küssten sich erneut, während ihre Hand der Spur der Haare folgte, die sich im Bund von seinen Shorts verlor.

Sie erforschte seinen Nabel, als er plötzlich knurrend fragte: »Weißt du eigentlich, was das bei mir bewirkt?«

Plötzlich war es ihr bewusst, und sie war schockiert von ihrem eigenen Tun. Eilig riss sie ihre Hand zurück, richtete sich kerzengerade auf und strich sich keuchend ihre Haare glatt.

Er keuchte ebenfalls. »Das war keine Beschwerde«, stellte er mit blitzenden Augen klar.

»Ich weiß. Aber mir war nicht bewusst … es … ich …« Die Verwirrung ihrer eigenen Gefühle und das pochende Verlangen tief in ihrem Inneren brachten sie völlig aus dem Konzept.

Er zog ihre Hand zurück auf seine Brust und hielt sie dort fest. »Lass uns ein Nickerchen machen, ja? Und dann gehen wir zurück.«

»Okay.«

Seufzend lehnte sie den Kopf wieder an den rauen Stamm des Baums und fand diese Position seltsam bequem. Jedoch hatte ihre Zufriedenheit weniger mit der harten Rückenlehne als mit dem Gewicht von seinem Kopf auf ihrem Bauch und ihren Schenkeln, seinem warmen, feuchten Atem, der durch ihre Kleider drang, und dem gleichmäßigen Schlagen seines Herzens unter ihrer Hand zu tun.

Sie warf einen letzten Blick auf Reeves, machte dann die Augen zu und schlief innerhalb von wenigen Sekunden ein.

Sie wurde nicht durch ein Geräusch geweckt, sondern davon, dass kein Laut zu hören war. Langsam machte sie die Augen auf und versuchte zu ergründen, wo sie war. Der tiefe Schlaf hatte sie wunderbar erfrischt, aber trotzdem kam es ihr so vor, als ob sie in einem Wachtraum gefangen wäre.

Reeves und sie saßen geschützt unter einer großen Kiefer, doch außerhalb der Reichweite der breiten, langen Äste war die Welt wie mit Puderzucker bestäubt. Weiße Kristalle wirbelten lautlos durch die Luft, und Jordan kam sich vor wie in einer Märchenwelt.

Während sie auf Reeves heruntersah, schwebte eins von den Kristallen durch das Geäst des Baums und blieb in seinen Wimpern hängen, ohne dass er etwas davon mitbekam.

Sie blickte wieder auf und starrte nochmals auf die

weiße Welt, die sie umgab. Mit einem Mal war sie hellwach. Dies war eindeutig kein Traum, und sie war auch nicht in einer Märchenwelt.

»Reeves«, schrie sie und rüttelte ihn wach. »Es schneit!«

8

»Was?« Er setzte sich so plötzlich auf, dass sie beinahe mit den Köpfen zusammengestoßen wären. »Mein Gott! Sieh dir das an!« Er sprang auf und breitete die Arme aus, um die Schneeflocken zu fangen, die um sie herumwirbelten.

»Was sollen wir jetzt machen?«, fragte Jordan ängstlich.

»Wie? Was sollen wir jetzt machen?«

»Reeves, wir sind inmitten eines Schneesturms hier auf diesem Berg. Wir sollen wir wieder runterkommen?«

Lächelnd zog er sie an seine Brust. »Genauso, wie wir heraufgekommen sind. So schlimm sieht es gar nicht aus. Wenn wir uns beeilen, wird uns sicher nichts passieren. Schneit es hier immer derart früh?«

Sie blickte auf den Schnee und war nicht überzeugt davon, dass der Weg zurück ins Tal wirklich ungefährlich war. »In diesen Höhen kommt das hin und wieder vor. Unten im Tal schneit es wahrscheinlich nicht.«

»Dann liegt die Schneefallgrenze sicher bald schon hinter uns. Los, lass uns gehen.« Er klang vollkommen ruhig, aber Jordan sah, dass er den Schnee beäugte, um zu sehen, wie dicht er fiel. Inzwischen wehte auch ein ziemlich starker Wind, es wurde immer kälter, und der Boden war bereits mit einem weißen Tuch bedeckt.

Wortlos sammelten sie ihre Sachen ein. Jordan setzte ihren Rucksack auf, schwang sich die Kameratasche über eine Schulter, und Reeves hängte ihr fürsorglich die Picknickdecke über Kopf und Schultern und zwinkerte ihr zu. »Für den Fall, dass du die Kälte nicht verträgst.« Er versuchte, sie auf diese Weise zu beruhigen, aber als sie den geschützten Platz unter dem Baum verließen und der Schneesturm sie mit seiner ganzen Härte traf, sah sie sich mit sorgenvoller Miene um.

Reeves setzte sich in Bewegung, und sie folgte ihm so dicht es ihre stolpernden Schritte zuließen. Alle paar Meter blieb er stehen, um sich zu vergewissern, dass sie nicht zurückgefallen war. Sie kommunizierten mit improvisierter Zeichensprache, denn der Wind riss ihnen die Worte aus dem Mund.

Im Normalfall war es kinderleicht, den Bergpfad hinunterzugehen. Jetzt aber war er unter der Schneedecke versteckt und an einigen Stellen schon gefroren, weshalb jeder Schritt ein Wagnis war. Der Wind peitschte ihnen in die Gesichter, brannte in ihren Augen, und sie konnten kaum noch etwas sehen.

Reeves bedeutete ihr, ihm zu folgen, bis sie abermals im Schutz von einer Kiefer standen, und brüllte ihr zu: »Glaubst du, dass wir in die richtige Richtung gehen?«

Jordans Panik steigerte sich noch. Sie war ihm einfach hinterhergelaufen, ohne auf den Weg zu achten, und hatte sich einzig darauf konzentriert, einen Fuß vor den anderen zu setzen, ohne auf dem eisigen Untergrund zu stürzen.

»Keine Ahnung, Reeves. Ich glaube, ja, aber ...«

Sie blickte derart ängstlich zu ihm auf, dass er sie tröstend in die Arme nahm. »He, keine Angst. Ich hole uns aus diesem Schneesturm raus. Ist dir kalt?«

»Nein«, log sie, denn sie konnte sich kaum beschweren, während sie die warme Decke hatte und er eine kurze Hose und nur eine dünne Regenjacke über seinem Strickpullover trug.

»Können wir weitergehen?«, wollte er von ihr wissen, und sie nickte. »Sag mir, wenn du wieder eine Pause brauchst.« Sie nickte erneut und folgte ihm dann wieder in den Sturm hinaus.

Sie hätte nicht sagen können, wie lange sie sich durch das blendende Schneegestöber kämpften, während ihnen ein Schauer eisiger Hagelkörner in die ungeschützten Gesichter schlug. Es schneite nicht nur leicht. Nein, dies war ein ausgewachsener Schneesturm, der neben weichen weißen Flocken eisigen Regen auf sie niederprasseln ließ.

Inzwischen war sie vollkommen erschöpft und rang mühsam nach Luft. Ihre Lungen brannten von der Anstrengung, ihre Beine pochten, und wegen der Kälte hatte sich ihre Muskulatur schmerzlich verkrampft.

Als sie sicher war, dass sie zusammenbrechen würde, streckte Reeves den Arm in ihre Richtung aus und zerrte sie weiter hinter sich her. Noch während sie sich über sein rigides Marschtempo beschweren wollte, wurde ihr bewusst, dass er mit einem Mal in eine andere Richtung lief. Inzwischen bewegten sie sich parallel zum Berg. Sie hob vorsichtig den Kopf, lugte unter der Wolldecke hervor und entdeckte einen schwarzen Schatten in der weißen Welt.

Eine Hütte.

Ihre Beine waren schwer wie Blei, aber trotzdem lief sie etwas schneller, und nach einem Augenblick lehnten sie sich vollkommen erschöpft gegen die verwitterte Wand des kleinen Gebäudes, atmeten keuchend ein und aus und warteten eine halbe Ewigkeit, bis ihr Herzschlag sich verlangsamte und ihre Atmung wieder normaler ging.

Dann bewegte Reeves den Kopf und sah sie an. »Wie geht es dir?«

Bereits sein Lächeln wärmte sie, und sie schmiegte ihren Kopf an seiner Schulter an und murmelte leise: »Gut.«

»Lass uns sehen, ob wir in dieses … was auch immer … reinkommen.«

»Das ist eine Berghütte. Die gibt es hier überall«, erklärte sie. »Wenn ein Bauer eine Weide in dieser Höhe hat, bewahrt er hier sein Werkzeug und seine Vorräte auf, damit er das Zeug nicht ständig den Berg rauf und runter zu schleppen braucht.«

»Wirklich raffiniert. Ich könnte unseren Bauern küssen.«

Trotz der grimmigen Umstände, in denen sie sich momentan befanden, lachte sie fröhlich auf.

Reeves drückte die Türklinke herunter und bemerkte, dass die Tür noch nicht mal abgeschlossen war. »Vertrauensvolle Seele«, meinte er, als er den Unterschlupf betrat. Dann schwang er die Tür noch weiter auf und rief: »He, komm rein, das Ding ist wirklich super.«

Sie trat durch die niedrige Tür und sah sich in der Hütte um. Die Innenwände sahen genauso rau wie die Außenwände, aber dick und gemütlich aus. Mehrere kleine Werkzeuge waren in einer Ecke aufgestapelt, und in einer anderen stand ein auseinandergebauter Pflug. An einem Haken an der Wand hing ein Holzeimer, und an der Wand gegenüber der Tür stand ein alter Holzofen.

»Ich glaube, sie haben uns erwartet.« Lachend durchquerte Reeves den Raum, rieb sich die Hände, kniete sich vor den Ofen und rief aufgeregt: »Da drinnen liegt sogar noch Holz.«

Jordan lachte, glücklich, weil sie sicher in der Hütte war und nicht länger ziellos durch den Schneesturm lief. Sie zog sich die Wolldecke vom Kopf, breitete sie in der Hoffnung, dass sie trocknen würde, über den Werkzeugen aus und schüttelte ihre Haare aus. Der Geruch der nassen Wolle mischte sich mit dem muffigen Geruch der Hütte, aber ihr erschien der Raum in diesem Augenblick wie das reinste Paradies.

Reeves stand wieder auf und wischte sich den Ruß des Ofens von den Händen ab. Während eines langen Augenblicks standen sie einfach da und starrten einander über den unbehauenen Holzboden der Hütte hinweg an. Sie hatten eine grauenhafte Erfahrung gemacht und überlebt. Und wie es unter Überlebenden von Katastrophen üblich war, wurde ihre Beziehung dadurch zementiert.

Sie trat zitternd auf ihn zu, und dann war er endlich da, nahm sie in die Arme, als wollte er sie niemals wieder loslassen, vergrub sein Gesicht in ihrem Haar und murmelte unzusammenhängende Worte, die Jordan dank der Wärme, die in seiner Stimme lag, trotzdem verstand. Sie schlang ihm die Arme um die Hüften und schmiegte sich so eng wie möglich an ihn. Tränen strömten über ihre Wangen, und sie tupfte sie mit seinem weichen Pulli ab.

»Was ist los?«, fragte er sanft, legte ihren Kopf zurück und sah ihr lächelnd ins Gesicht. »Tränen? Gefällt dir die Vorstellung nicht, mit mir hier eingesperrt zu sein?«

»Oh, Reeves, ich hatte Todesangst.«

»Habe ich dir nicht gesagt, dass uns nichts passieren wird? Traust du mir etwa nicht?«

»Doch, aber ich …«

»Schon gut.« Er strich ihr das Haar aus dem bleichen, noch immer verängstigten Gesicht. »Ich hatte eine Zeitlang auch ziemliche Angst. Doch ich war zuversichtlich, dass wir irgendetwas finden würden, wo wir unterkriechen können, und das haben wir getan. Jetzt habe ich mich dafür revanchiert, dass du mich vor dem Gewitter gerettet hast.«

Sie schmiegte sich wieder an ihn an und sog seine wärmende Stärke in sich auf. »Das habe ich gern getan.« Dann sah sie ihm wieder ins Gesicht, und ihre blau gerahmten, grauen Augen blitzten schalkhaft auf. »Bei dem sintflutartigen Regen hätte ich jedem Unterschlupf gewährt.«

Er schob sie ein Stückchen von sich fort, hielt sie aber weiter fest und fragte in gespielt drohendem Ton: »Soll ich dich vielleicht wieder in den Schneesturm rausschicken?«

»Würdest du das etwa tun?«, fragte sie zurück und streckte provozierend ihre Arme nach ihm aus.

Wieder fing er an zu grinsen und zog sie an seine Brust zurück. »Verdammt, nein. Du weißt ganz genau, dass ich das niemals tun würde.« Dann küsste er sie fordernd auf den Mund, glitt mit seinen Händen über ihren Körper und machte sie dadurch zu seinem Eigentum. Jordan war völlig atemlos, doch sein Mund war unerbittlich und verlangte, dass sie sich ihm völlig unterwarf.

Als er ihre Lippen endlich wieder freigab, sank sie kraftlos gegen ihn und seufzte wohlig: »Ich ergebe mich.«

»Dann sind wir jetzt quitt«, stellte er lachend fest. »Und vergiss nicht, dass du wieder dran bist, mich zu retten, falls wir je auf einer verlassenen Insel stranden oder so.« Er gab ihr den nächsten Kuss. »Und jetzt sollten wir uns hier ein bisschen umsehen und schauen, wie wir uns am besten einrichten. Hol du erst mal unser Zeug von draußen rein, dann versuche ich, ein

Feuer anzumachen. Hoffentlich ist der Abzug nicht verstopft«, überlegte er laut, während er den Teil des metallenen Rauchabzugs, den man von innen sah, einer eingehenden Musterung unterzog.

Sie holte ihren Rucksack, den Picknickkorb und seine Kamera von dem Platz unter dem schmalen Dachvorsprung neben der Tür, und während er das Holz im Ofen arrangierte und die Streichholzpackung nahm, die von irgendjemand Rücksichtsvollem extra für den Zweck auf dem Regal zurückgelassen worden war, sah sie sich vorsichtig um. Hinter den Werkzeugen entdeckte sie zwei staubige und moderige Planen und breitete sie, um den Raum ein wenig von unten zu isolieren, vor dem Ofen aus.

Reeves hatte es tatsächlich geschafft, ein Feuer darin zu entfachen, und er drehte sich zufrieden zu ihr um. »Wenn wir nicht allzu verschwenderisch mit den Scheiten umgehen, müsste das Holz erst einmal reichen. Wenn ich mich nicht irre, haben auch schon vor uns Leute hier kampiert. Der Eimer sieht so aus, als ob man damit Wasser holen kann. Sicher fließt hier irgendwo ein Bach. Ich werde mal rausgehen und nachsehen.«

»Nein«, kreischte Jordan panisch. »Reeves, bitte geh nicht noch mal raus.«

»Mir wird ganz sicher nichts passieren. Ich werde die Hütte nicht aus den Augen lassen. Aber ich muss etwas Wasser für uns finden, bevor es dunkel wird.«

»Wie spät ist es?« Es dämmerte bereits.

»Schon nach sieben. Wie konnte ich nur derart lange schlafen?«, überlegte er.

»Du warst einfach entspannt.«

Die Augen unter seinen halb gesenkten Lidern blitzten auf. »Tja, ein paar Teile von mir waren tatsächlich entspannt, wohingegen andere …«

»Reeves!«, fuhr sie ihn leise an.

Lachend nahm er den Eimer vom Haken an der Wand. »Ich bin sofort wieder da. Und während ich unterwegs bin, bleibst du schön brav hier.«

»Sei bitte vorsichtig.«

Er legte seine freie Hand an ihr Gesicht. »Versprochen. Und jetzt gib mir bitte einen Abschiedskuss.« Sie stellte sich auf ihre Zehenspitzen und küsste ihn zärtlich auf den Mund.

Ohne noch etwas zu sagen, wagte er sich wieder in das Unwetter hinaus und warf die Tür hinter sich zu.

Alleine in dem dunklen Raum stapfte Jordan rastlos auf und ab und spitzte angestrengt die Ohren. Sie trat vor den Ofen, griff nach einem neuen Scheit, erinnerte sich daran, dass der Holzvorrat nicht endlos war, und legte es zurück.

Dann überprüfte sie die Decke. Sie war noch immer ein wenig feucht, und so breitete sie sie etwas dichter vor dem Ofen aus. Sie war unglaublich nervös, und dadurch wurde das Problem, das sie bereits seit einer guten Stunde hatte, noch verstärkt. Weshalb nur hatte sie beim Mittagessen so viel Wein getrunken?

»Ich werde nicht darüber nachdenken«, sagte sie laut, doch je stärker sie versuchte, nicht daran zu denken, umso stärker wurde ihr das Unbehagen, das sie peinigte, bewusst.

Schließlich kam sie zu dem Schluss, dass es nur eine Lösung gab. Sie müsste kurz nach draußen gehen.

An der Tür lauschte sie dem Heulen des Windes und hätte es sich fast noch einmal überlegt, dann aber riss sie sie entschlossen auf, trat in den Schnee hinaus und zog sie wieder fest hinter sich zu. Mit gesenktem Kopf und hochgezogenen Schultern bog sie um eine Ecke des Gebäudes. Hier fiel der Berg sanft ab, nirgends stand auch nur ein Baum, und sie kam zu dem Schluss, dass man sie hier bereits aus weiter Ferne sehen würde, wenn sie sich mit heruntergelassener Hose in den Schnee hockte. Also lief sie bis hinter das Haus, wo sie neben einem Stapel Feuerholz ein paar größere Werkzeuge liegen sah. Eilig hockte sie sich hinter das Holz, und als sie fertig war, seufzte sie erleichtert, knöpfte ihre Hose zu, kletterte hinter dem Holzstapel hervor und lief, ohne Zeit zu verlieren, wieder zurück.

Zum Schutz vor dem beißenden Wind hatte sie den Kopf gesenkt, weshalb sie Reeves nicht sah. Erst als sie direkt mit ihm zusammenstieß, sah sie erschrocken auf. Seine Augen blitzten, sein Gesicht war schmerzverzerrt, und er hielt sie in tödlicher Umklammerung. Er stolperte über seine eigenen Füße, während er sie wieder in die Hütte zog, und warf, ohne sie auch nur eine Sekunde lang loszulassen, die Tür ins Schloss.

»Gott, Jordan, mach so was nie wieder.« Seine

Stimme zitterte. »Du hast mich zu Tode erschreckt.« Er ließ sich auf die Planen auf dem Boden sinken und atmete tief durch.

Sie wusste nicht, was sie verbrochen hatte, stammelte aber trotzdem eine Entschuldigung. »Es … es tut mir leid … ich wollte nicht …«

»Als ich zurückkam, warst du nicht mehr da. Ich dachte, du hättest dich auf die Suche nach mir gemacht. Ich bin tausend Tode gestorben vor lauter Angst um dich.« Er nahm ihre Hand, zog sie neben sich und hielt sie fest. »Wo *warst* du?«

»Ich musste mal.«

Er lachte erleichtert auf. »Daran habe ich nicht gedacht.«

Sie lehnte sich gegen ihn. »Hast du Wasser mitgebracht?«

»Ja.« Er zeigte auf den vollen Eimer, der neben dem Ofen stand. »Aber angesichts des Schrecks, den du mir eingejagt hast, kriegst du nichts davon.«

»Tyrann.«

»Genau. Ich bin ein eifersüchtiger Despot.« Er küsste sie hart auf den Mund. »Deshalb denk dran, das ist meine Burg.«

»Du bist besser nett zu mir. Ich weiß nämlich, wo zusätzliches Feuerholz zu finden ist«, erwiderte sie kess.

Er zwickte ihr scherzhaft in die Nase. »Ich auch. Ich habe es nämlich beim Rausgehen gesehen.«

»Oh.« Gespielt hilflos knabberte sie an ihrer Unterlippe. »Dann sagt mir doch bitte, hoher Herr, was ich tun kann, damit Ihr mir weiterhin gewogen seid.« Sie klapperte so komisch mit den Lidern, dass Reeves sich auf die Lippen beißen musste, um nicht laut zu lachen, während er sich auf den Rücken fallen ließ. »Ich weiß nicht. Aber ich denke mir was aus, während du mir mein Abendessen servierst.«

»Sehr wohl, Euer Majestät.« Sie senkte demütig dem Kopf, doch als sie wieder aufsah, streckte sie ihm unverschämt die Zunge raus.

»Dreißig Peitschenhiebe«, brüllte er und wies dabei mit dem Finger auf sie.

Sie tat, als würde ihr schwindelig, und kippte gegen ihn. »Oh, gnädiger Herr, ich flehe Euch an, habt Gnade.« Sie verlagerte ein wenig ihr Gewicht und beugte sich dicht über ihn.

»Also gut. Dreißig Peitschenhiebe oder dreißig Küsse.«

Sie kniff die Augen zusammen, runzelte die Stirn und tat, wie wenn sie darüber nachdenken würde. »Dreißig Peitschenhiebe«, gab sie schließlich kühn zurück, worauf er sie auf den Rücken rollte und sie unter sich begrub.

»Ich habe es mir überlegt. Keine Gnade«, knurrte er und gab ihr einen Kuss. Was spielerisch begann, wurde bereits nach wenigen Sekunden ernst, und sie schlang ihm die Arme um den Hals, versank in einem Meer der Leidenschaft und tauschte erst nach mehreren Minuten wieder daraus auf.

Er bedeckte ihr Gesicht mit einer Reihe leichter Küsse. »Jordan?«

»Hm?«

»Ich bin am Verhungern.«

»Wie romantisch.«

»Ich muss sehen, dass ich bei Kräften bleibe«, verteidigte er sich.

»Damit du mich von diesem Berg herunterholen kannst?«, fragte sie.

»Oh, was für ein Ansporn«, stellte er mit verrucht blitzenden Augen fest. »Aber auch wenn du mir dafür wahrscheinlich eine kleben wirst, erlaube ich mir die Feststellung, dass ich nicht als Einziger von uns beiden irgendwelche Dinge runterholen kann.«

Sie errötete bis in die Haarwurzeln und sprang eilig auf. »Ich hole jetzt den Korb. Wenigstens müssen wir keinen Hunger leiden, solange wir hier festsitzen.«

Inzwischen war die Decke trocken, aber sie beschloss, sie dort zu lassen, wo sie lag, und breitete die Speisen auf den Planen aus.

Reeves zog sich seinen Pullover über den Kopf. Die Jacke hatte er gleich ausgezogen, nachdem er vom Bach zurückgekommen war. »Falls du mir mein schlechtes Benehmen nachsiehst, ziehe ich dieses blöde Ding hier drinnen aus. Das Schleppen des Wassereimers und die … anregenden Dinge, die danach geschehen sind, waren ganz schön anstrengend.«

Sie versuchte, ihn nicht anzusehen, was ihr aber nicht gelang. Verstohlen sah sie zu, wie er ein Taschentuch ins Wasser tauchte und damit über sein Gesicht, den Hals und den Oberkörper fuhr. Das erinnerte sie an den Augenblick, als er sich mit ihrem

Handtuch abgetrocknet hatte, nachdem er aus dem Regen gekommen war.

War das erst vier Tage her? Vier Tage. Trotzdem waren sie einander schon so vertraut. Inzwischen konnte sie seine Gesichtsausdrücke deuten, und auch seine Stimme und sämtliche seiner Gesten kannte sie in- und auswendig. Wahrscheinlich gab es Paare, die einander weniger gut kannten, obwohl sie schon eine Ewigkeit zusammen waren, überlegte sie.

Sie beide hätten keine Ewigkeit. Tage? Stunden? Der Gedanke schmetterte sie nieder. Denn sie liebte diesen Mann, aber trotzdem würde er genauso unerwartet aus ihrem Leben verschwinden, wie er dort erschienen war. Käme es irgendwo zu einer Katastrophe, wären er und seine Kamera umgehend auf dem Weg dorthin. Und sie bliebe mit nichts als bittersüßen Erinnerungen an die kurze Zeit mit ihm zurück.

Anscheinend hatte er ihr einen Teil ihrer Gedanken angesehen, denn er blickte sie fragend an. »Jordan? Ist etwas nicht in Ordnung?«

Verlegen stotterte sie. »Nnnein. Ich … ich … du bist wieder blitzsauber, und ich sehe sicher schrecklich aus.« Sie kroch über die Planen, griff nach ihrem Rucksack und wandte ihm den Rücken zu. »Gibst du mir eine Minute Zeit?«

»Du brauchst dich nicht zu beeilen. Ich schenke schon mal den Rest Wein in zwei Gläser«, sagte er.

Sie schälte sich bereits aus ihrem Pulli und fragte aufgrund der Wolle, die vor ihrem Mund lag, mit leicht gedämpfter Stimme: »Du genehmigst mir tatsächlich noch mal ein Glas Wein?«

»Nur einen kleinen Schluck«, gab er gespielt ernsthaft zurück.

Sie zog einen Spiegel aus dem Rucksack und war dankbar, dass er ein paar Schminksachen enthielt. Rouge brauchte sie im Augenblick ganz sicher nicht. Wind und Kälte hatten ihren Wangen einen angenehm rosigen Ton verliehen, und so verrieb sie nur ein wenig Feuchtigkeitslotion in ihrem Gesicht. Und auch ihre Augen sprühten bereits Funken, deshalb trug sie einfach etwas Lipgloss auf und bürstete ihr Haar.

Zum Glück hatte sie außerdem einen Handtaschenzerstäuber von Norell dabei und besprühte ihren Hals und ihre Brust. Dann beäugte sie sich kritisch und kam zu dem Schluss, sie würde dafür, dass sie auf einem Berg gestrandet war, gar nicht so schlecht aussehen. Zögernd machte sie drei Knöpfe ihrer engen Nylon-Bluse auf, damit sie etwas bequemer war.

Schließlich drehte sie sich wieder um, und als Reeves anerkennend pfiff, nickte sie lachend mit dem Kopf. »Danke. Ich weiß, ein solches Kompliment habe ich ganz sicher nicht verdient, aber es ist trotzdem schön.«

»Du siehst fantastisch aus«, erklärte er ihr warm, und seine Augen machten deutlich, dass das wirklich seine Überzeugung war.

Sie aßen genüsslich, und als ihr Hunger gestillt war,

meinte Reeves: »Am besten stellen wir den Korb neben die Tür, dann bleiben Fleisch und Käse frisch.«

»Wie lange, glaubst du, wird der Schneesturm dauern?«, fragte Jordan ihn.

Er zuckte mit den Schultern. »Keine Ahnung. Da es in diesem ersten Herbst der erste Schneefall ist, wird es sicher nicht so schlimm. Morgen früh werden wir weitersehen.«

Sie kamen schweigend darin überein, nicht darüber zu sprechen, dass der Aufenthalt in dieser Hütte, fern vom Rest der Welt, wie eine wunderbare Auszeit von ihrem normalen Leben war. Sie würden erst über die Rückkehr sprechen, wenn es nicht mehr zu vermeiden war. Vorläufig würden sie einfach dankbar sein, weil ihnen der Schneesturm eine Chance bot, allein und ungestört zu sein.

Auch über Helmut sprachen sie kein Wort, obwohl sie beide wussten, dass er sicher außer sich vor Sorge war. Was würde er denken, wenn sie die Nacht zusammen hier verbrächten? Doch im Grunde war das vollkommen egal. Nichts war mehr von Bedeutung außer ihrer Zweisamkeit hier oben auf dem Berg.

»Sieh nur! Hier ist noch eine Schachtel mit Pralinen!« Begeistert zog sie den entdeckten Schatz aus dem Picknickkorb. Reeves aber riss ihr die Schachtel aus der Hand.

»Gib mir gefälligst etwas davon ab. Schließlich hast du schon die erste Schachtel ganz für dich gehabt.«

»Zwei Pralinen habe ich dir abgegeben«, widersprach sie ihm.

»Hast du etwa mitgezählt?«, zog er sie auf und hielt die Schachtel so, dass sie für Jordan unerreichbar war.

Am Ende teilten sie die Köstlichkeit gerecht untereinander auf. Sie fütterte Reeves mit seinem Anteil, und weil ihre Finger anfingen zu kleben, leckte er die Schokolade einfach ab.

Sie verfolgte, wie er sanft an ihren Fingerspitzen saugte. Seine Zunge ließ nicht eine Stelle aus, und als es in ihrem Hals genauso eng und kribbelig wurde wie in ihrem Bauch, stieß sie mit rauer Flüsterstimme aus: »Ich habe gar nicht gewusst, wie erotisch es sein kann, wenn man Schokolade isst.«

»Und ich habe noch nie eine Frau getroffen, die derart verführerisch sein kann, ohne dass sie es auch nur versucht.«

Sie küssten sich. Und küssten sich erneut.

»Wir packen besser erst die Essensreste ein«, murmelte sie an seinem Mund.

Er knurrte ein »Okay«, sie machten sich ans Werk, stellten den gefüllten Korb neben die Tür und kehrten mit der Thermoskanne Kaffee und der Cognacflasche zu den Planen zurück.

»Ich weiß nicht, ob der Kaffee noch heiß ist, aber wir werden ja sehen.« Sie machte die Thermoskanne auf, und der Duft des Kaffees stieg ihr in die Nase. »Oh ja!«

Sie schenkte ihnen beiden eine Tasse dampfend heißen Kaffee ein, gab einen Schuss Branntwein dazu, und Reeves breitete die trockene Decke auf den Planen aus. Dann zogen sie beide ihre Schuhe und die

Strümpfe aus und hielten ihre nackten Füße vor den Ofen, dessen Abzug trotz seines verfallenen Erscheinungsbilds noch seine Arbeit tat.

Jordan nippte vorsichtig an ihrem Kaffee, und der Cognac brannte ihr im Hals. »Ich glaube, gleich bin ich betrunken«, stellte sie mit leiser Stimme fest, während sie zwischen Reeves gespreizten Beinen saß, der mit seiner Brust ihren Rücken wärmte.

»Gut. Das werde ich schamlos ausnutzen.«

Sie schlug ihm aufs Knie, und er jaulte auf.

»Was?«, fragte sie besorgt und bemerkte die raue, rote Haut an seinen Knien. »Oh, Reeves. Ich hoffe, du hast keine Erfrierungen.«

»Nein, sie sind nur aufgerissen, weiter nichts.«

»Hier, ich habe was für deine wunden Knie.« Sie kroch über die Decke bis zu ihrem Rucksack und kam mit der Körperlotion, die sie auch für ihr Gesicht benutzt hatte, zurück.

»Brennt das etwa?«, fragte er sie argwöhnisch.

»Wie die Hölle.«

»Nein, danke«, sagte er und zog die Beine an.

Lachend streckte sie die Hand nach einem seiner Knie aus. »Du Riesenangsthase. Ich habe nur einen Witz gemacht. Das Zeug tut wirklich gut.«

Vorsichtig verteilte sie die Flüssigkeit auf der geröteten Haut, und als sie plötzlich kichern musste, fragte er sie knurrend: »Würdest du mir bitte sagen, was so witzig ist?«

»Ich habe noch nie behaarte Beine eingecremt.«

Er versuchte, beleidigt auszusehen, aber es gelang

ihm einfach nicht, und schließlich fiel er in ihr Lachen ein. Dann stellte sie die Flasche fort, sie nahmen wieder ihre alten Positionen ein und starrten auf das Spiel der Flammen hinter dem Ofenglas.

»In Momenten wie diesem fehlen mir wirklich meine Zigaretten«, meinte Reeves nach einem Augenblick der Stille. »Und zwar nicht nur der Tabak, sondern die Entspannung, die einem das Rauchen bringt.« Er seufzte theatralisch auf. »Also muss ich wohl was anderes finden, womit ich mich entspannen kann.«

Ehe er den Satz auch nur beendet hatte, machte er sich schon ans Werk, schob eine seiner Hände unter ihrem Arm um sie herum, bis er zu ihrer Brust gelangte, und spannte die Finger an.

Sie schmiegte sich noch enger an ihn an. »Ist das nicht die Hand, an der du dich geschnitten hast?« Sie zog seine Hand von ihrer Brust, sah die verräterischen roten Spuren an den Fingern und küsste sie der Reihe nach.

»Tu mir bitte einen Gefallen, Jordan«, murmelte er an ihrem Haar.

»Geht's dabei um etwas Illegales?«, fragte sie zurück.

»Zu den Dingen kommen wir später. Das hier ist eine ganz einfache Bitte.«

»Worum geht's?«

»Würdest du den hier bitte ausziehen?« Er nahm ihre linke Hand und berührte den großen Diamantring, der an einem der Finger steckte.

Mehr musste er nicht sagen. Ihr war klar, wie sehr er das Symbol ihrer Verbindung mit Helmut verabscheute. Also zog sie den Ring von ihrem Finger, schob ihn in ein Fach von ihrem Rucksack, schloss den Reißverschluss und kehrte umgehend zu ihm zurück.

Er drehte sie zu sich herum, nahm ihren Kopf in seine großen, starken Hände und zog ihn herauf, bis ihr Mund an seinen Lippen lag. Die Zärtlichkeit des Kusses riss sämtliche Schranken nieder, die sie gedanklich errichtet hatte, denn egal, was ihr die Zukunft brächte – diese Nacht gehörte Reeves und ihr allein.

Im Vergleich zu einem ganzen Leben wäre eine Nacht ganz sicher nicht zu viel verlangt. Und sie würde sie sich nicht versagen, ganz egal, wie hoch der Preis dafür war.

Sie würde die Konsequenzen später tragen, würde die Zechen später zahlen, aber nicht schon jetzt. Nicht in diesem Augenblick, in dem er seine Zunge in ihre Mundhöhle schob. Nicht in diesem Augenblick, in dem seine Hände sie so sanft berührten, dass ihr Hirn vor Freude einen Salto schlug.

»Jordan«, stöhnte er und schob sie von sich fort. »Ich will dich ganz sehen.« Mit geschickten Fingern machte er die letzten Knöpfe ihrer Bluse auf, schob sie schmerzlich langsam über ihre Schultern und blickte auf ihre Brust. Der durchsichtige, spitzenbesetzte Büstenhalter war der Traum jedes Voyeurs. Durch ihn wurde nichts versteckt, sondern eher noch betont.

Unter dem schimmernden hautfarbenen Stoff glitzerte ihre Haut, und die rosigen Brustwarzen drängten einladend gegen den engen transparenten Schleier und forderten den Betrachter regelrecht zu einer zärtlichen Berührung auf.

Die Selbstverleugnung wurde zur Besessenheit für Reeves. Er schob seinen Daumen unter den Satinträger ihres BHs, schob ihn über ihre Schulter und den Oberarm und starrte auf die perfekt geformte Brust, die langsam, Stück für Stück, darunter zutage trat.

Schließlich wurde seine Geduld belohnt, ihr Busen fiel aus der hauchzarten Halterung heraus, und erst in diesem Augenblick machte er den Büstenhalter auf und zog ihn ihr vollends aus.

Die ganze Zeit über hatte sich Jordan nicht gerührt. Jetzt beobachtete sie sein Gesicht, und der zärtliche Ausdruck rief ein schwindelerregendes Gefühl der Freude in ihr wach. Hätte er sie darum gebeten, hätte sie sich auch selbst aus ihrem BH geschält. Nur, dass es so viel besser war.

Wie ein Kenner guter Weine erst die Farbe und das Bouquet studierte, ehe er das Glas an seine Lippen hob, hatte sich Reeves, bevor er ihren Körper in Besitz nahm, erst an seinem Anblick ergötzt.

Sein Blick wanderte über ihren Körper, registrierte die samtige Beschaffenheit der Haut, die zarte Färbung der Erhebungen, die sanften, weiblichen Rundungen, und dann setzten seine Hände die herrliche Erforschung ihres Körpers fort.

»Du bist einfach wunderschön.« Sein rötlich braunes Haar kitzelte ihre Haut, während er den Kopf neigte und ihre Brüste nacheinander zwischen seine Lippen nahm.

Sie hatten noch die ganze Nacht.

In stummer Übereinstimmung machten sie sich wieder voneinander los, er legte den Rest von seinen Kleidern ab, und sie stieg scheu aus ihren Jeans, behielt aber das hauchdünne transparente Höschen an.

Als sie wieder halb auf und halb unter der Decke lagen, zog er sie an seine Brust, schob seinen schweren Schenkel vorsichtig über ihr Bein und wiegte sie hypnotisierend hin und her.

Sie umfasste seinen Kopf, zog ihn auf ihren Mund, und er schob seine Zunge tief in sie hinein. Seine Gier ließ sie schwindelig werden, und um nicht sofort in den lockenden Abgrund vollkommener Selbstvergessenheit zu stürzen, klammerte sie sich an seinen Schultern fest

»Ich muss dich haben, Jordan.« Sie konnte seine Worte kaum verstehen, denn während er sprach, küsste er sie zärtlich auf den Busen. Ihre Brustwarzen wurden von seinen hitzigen Liebkosungen ganz hart. Er gab so viel, wie er sich nahm. Seine Zunge und die Lippen schenkten ihr die Honigsüße seines Munds.

»Hör nicht auf«, bettelte sie, da er seinen Mund von ihren prickelnden Brüsten nahm. Doch er hörte nicht auf sie, sondern glitt in Richtung ihres Bauchs, vorbei an ihrem Nabel, und sie keuchte: »Reeves …!«, als sie seine Lippen auf Stellen spürte, an die bisher nie ein Kuss gedrungen war.

Er streifte ihr den Slip ab, schob, ohne seinen Kuss zu unterbrechen, eine Hand zwischen ihre Schenkel und berührte sie dort, wo ihr Verlangen nach Vereinigung am größten war.

Er erforschte ihre intimste Stelle erst ganz zart und berührte sie so leicht wie eine Feder, ging dann aber dazu über, sie intensiv zu streicheln.

»Mein Gott … du fühlst dich … sieh mich an, Jordan, bitte … sieh mir ins Gesicht, während ich dich berühre … Schatz …!«

Sie kam jedem seiner Befehle nach und näherte sich immer mehr dem Höhepunkt, den die Berührung seiner Hände und der Lippen ihr verhieß.

»Sag, dass du mich willst«, flehte er sie an, während er sie gleichzeitig durch sein Streicheln beschwor.

»Ja«, stieß sie stöhnend aus.

»Sag es, Jordan. Sag es mir.«

Dann schob er sich über sie, und sie spürte den harten, pochenden Beweis seines eigenen Verlangens dicht an ihrem Leib. »Ich will dich, Reeves.« Sie erschauderte, als er sich zögernd zwischen ihre Schenkel schob. »Bitte.«

Dann war er endlich in ihr – groß und stark –, füllte sie zur Gänze an, vertrieb das Gefühl der Leere und gab sich ihr ganz hin.

Sie verschränkte ihre Hände hinter seinem Rücken, und er schmiegte sein Gesicht in die duftende Wolke ihres schwarzen Haars und flüsterte ihr Koseworte zu.

Schließlich drehte er den Kopf, blickte sie an und

bat: »Beweg dich nicht. Hüll mich einfach in dich ein … du hast ja keine Ahnung, was für ein Gefühl das ist.«

»Erklär es mir.«

Das tat er, und zwar in einer Sprache, die ihr Körper lange vor ihrem Gehirn verstand.

9

»Was willst du werden, wenn du erwachsen bist?«

Lachend schmiegte Jordan sich noch ein wenig enger an Reeves. »Glaubst du nicht, dass ich bereits erwachsen bin?«, säuselte sie und knabberte an seinem Hals.

»Doch, oder zumindest an den Stellen, an denen es wichtig ist«, antwortete er, während er die Hände über die besagten Stellen wandern ließ.

Ihr Verlangen war vorübergehend gestillt, und sie lagen eng umschlungen unter der einzigen Decke, die es gab. Der Boden war steinhart, aber das fiel ihnen gar nicht auf. Jordans geleerter, in Reeves' Pullover gewickelter Rucksack diente ihnen als Kopfkissen, die trockenen Holzscheite im Ofen knisterten und zischten fröhlich vor sich hin, und das Licht der goldenen Flammen tanzte an den dunklen Holzwänden des Raums.

Er zog mit seinen Fingern die Konturen ihres Rückgrats nach. »Hast du die Absicht, bis an dein Lebensende in dem Zeitungsladen zu arbeiten?«

»Das dürfte ein bisschen schwierig werden. Weil man mir nämlich gekündigt hat.«

Die Finger hielten mitten in der Bewegung inne. »Gekündigt? Wann? Warum?«

Sie lachte leise auf. »Zu deiner ersten Frage: Ja. Zur zweiten: heute Morgen. Zur dritten: da mein Vorgesetzter die Geschichte von meiner Verlobung mit Helmut in der Zeitung gelesen hat und dachte, dass ich diesen Job jetzt nicht mehr brauche. Deshalb hat die Tochter des Bosses meine Position geerbt, bevor meine Leiche auch nur kalt war«, führte sie mit ruhiger Stimme aus.

»Ver… – das ist natürlich bitter. Kein Wunder, dass du heute Morgen derart sauer auf mich warst. Tut mir leid, Jordan. Kann ich dir irgendwie behilflich sein? Kann ich irgendetwas für dich tun?«

»Nein. Erst war ich natürlich am Boden zerstört. Aber inzwischen« – sie schob ihr schlankes Bein in die Wärme zwischen seinen Beinen – »ist es mir egal. Der Job hier in Luzern hat seine Funktion erfüllt. Nach dem Tod von Charles brauchte ich einen Ort, an dem ich leben, arbeiten und atmen konnte, ohne dass sich wohlmeinende Freunde oder meine Eltern einmischten. Die Zeit hier in der Schweiz war für mich wie ein dreijähriger Urlaub. Aber jetzt muss ich was finden, was ein bisschen produktiver und vielleicht auch anspruchsvoller ist.«

»Wirst du in die Staaten zurückkehren?« Sie sprachen absichtlich nicht von Helmut und der Rolle, die er in ihrer Zukunft spielen würde. Er lauerte die ganze Zeit im Hintergrund, doch keiner von ihnen sprach den Namen aus.

Da Reeves sie fragte, ob sie nach Amerika zurückkehren wollte, hatte er ihre Erklärung, dass sie den Schweizer nicht heiraten würde, offenbar inzwischen akzeptiert.

»Ja, wahrscheinlich, aber ich weiß noch nicht genau, wohin«, antwortete sie. »Ich glaube, ich werde versuchen, einen netten, ruhigen Ort zu finden, an dem ich mich niederlassen und schreiben kann. Das war nämlich immer schon mein Traum.«

»Was für Texte schweben dir denn vor?«

»Sex-Ratgeber«, scherzte sie.

»Sex-Ratgeber?«

»Ja.«

Er fing an zu lachen, und dort, wo ihr Kopf lag, vibrierte seine Brust. Dann rollte er sich schnell mit ihr herum, bis sie auf ihm lag. »Du weißt schon, dass man dafür gründlich recherchieren muss?«

»Ich bin bereit, jedes erforderliche Opfer für die Wissenschaft zu bringen.« Sie beugte sich zu ihm herab und küsste seinen Mund. Er schmeckte wie ihr eigener. »Wenn du dich als Versuchskaninchen zur Verfügung stellst.«

»Wuff-wuff.«

Lachend brach sie über ihm zusammen. »Versuchskaninchen bellen nicht, du Blödmann.«

»Nein? Was machen sie denn dann?«

Statt einer Antwort küsste sie ihn wieder auf den Mund, woraufhin das Thema ihrer Zukunft erst einmal vergessen war.

»Und wie wird es für dich weitergehen, wenn dein erster Sex-Ratgeber auf sämtlichen Bestseller-Listen steht?«

Sie hatten sich in die Decke eingehüllt und starrten auf die Flammen hinter der Ofentür. »Ich werde niemals einen Sex-Ratgeber schreiben.« Sie pikste ihm in die Brust.

»Das ist wirklich bedauerlich. Weil du auf diesem Gebiet nämlich eine echte Expertin bist.« Er küsste sie zärtlich auf die Nasenspitze und wollte von ihr wissen: »Also, was schreibst du dann?«

»Vielleicht ein Buch mit Reisetipps für Amerikaner in Europa? Oder einen Roman? Ich habe mich noch nicht entschieden. Erst mal will ich sesshaft werden und mich in meiner Nische im Universum einrichten. Wie steht es mit dir?«

»Ich schätze, ich ziehe weiter mit meiner treuen Nikon um die Welt.«

»Oh.«

Ihre Lebensziele lagen so weit auseinander wie Nord- und Südpol, dachte sie. Er zog sie in seinen Schoß, und wieder ließen sie das Thema ihrer gemeinsamen Zukunft ruhen. Weil es außerhalb der Wände dieser Hütte keine Zukunft für sie beide gab.

»Ich haben einen Riesenappetit«, flüsterte er ihr ins Ohr. Sie lagen eng umschlungen unter ihrer Decke, und es wäre schwer gewesen zu entscheiden, wo einer von ihnen aufhörte und wo der andere begann.

»Du bist einfach unersättlich.«

»Ich weiß. Und hungrig bin ich auch.«

Sie blickte in seine blitzenden grünen Augen und wollte von ihm wissen: »Reden wir von demselben Appetit?«

»Ohhhh, du redest vom *Essen.*«

Sie gab ihm einen Klaps auf den nackten Allerwertesten, machte sich von ihm los und richtete sich auf. »Was würdest du denn gerne frühstücken? Austern oder Pastete?«

»Iiihh.«

»Wie wäre es mit Brot und Butter?«

»Klingt schon besser«, antwortete er.

Sie nahm beides aus dem Picknickkorb neben der Tür, brachte die Dinge zu ihm zurück, bestrich eine Scheibe Brot großzügig mit Butter und drückte sie ihm in die Hand.

»Hast du keinen Hunger?«, fragte er, als sie selbst nichts aß.

»Nein. Ich hebe mir meine Ration noch etwas auf. Wer weiß, wie lange wir hier noch festsitzen«, erklärte sie.

Während er genüsslich kaute, spielte sie mit seinen Ohren, knetete seine Ohrläppchen, glitt mit ihren Händen über seinen Hals und seine Schultern und massierte sie.

»Du machst das wirklich gut«, bemerkte er und biss wieder herzhaft in sein Brot.

Jordan war etwas pikiert, weil keine andere Reaktion auf ihre Verführungskünste kam. Entschlossen glitt sie mit den Fingerspitzen über seine Brust, und plötzlich hörte er auf zu kauen. Ihre glatten, runden Fingerspitzen fanden zielsicher einen der flachen braunen Nippel in dem Nest aus dunklem Haar, und beinahe hätte Reeves sich an dem Brot in seinem Mund verschluckt.

»Du hast wahrscheinlich keine Lust, dir die Zeit mit irgendetwas anderem zu vertreiben, bis ich mit meinem Frühstück fertig bin?«, fragte er sie rau.

Sie schüttelte den Kopf, setzte ein herausforderndes Lächeln auf, schob sich so dicht an ihn heran, dass ihr Haar verführerisch über seine Wangen strich, beugte sich über ihn und glitt mit ihrer Zunge über die Stelle, die unter der Berührung ihrer Finger bereits hart geworden war.

»Jordan …«, stieß er keuchend aus. »Gott, das fühlt sich wirklich gut an. Woher – woher weißt du, was du machen musst?«

»Instinkt«, hauchte sie an seiner Haut.

»Gott segne Mutter Natur.«

Mehr konnte er nicht sagen, denn noch während sich ihr Mund mit seinem Nippel amüsierte, glitten ihre Hände über seinen Bauch.

Er hielt den Atem an und wartete in schmerzlicher Erregung darauf, dass sie ihre Finger noch ein Stückchen tiefer wandern ließ. Erst als sie ihr Ziel erreichten, ließ er sich nach hinten fallen und atmete stöhnend wieder aus.

Obwohl sie sparsam mit dem Essen umgehen mussten, achtete er nicht mehr auf das Stückchen

Brot, das er noch in den Händen hielt, und warf es achtlos fort.

»Bist du …«

»Im siebten Himmel?«, unterbrach er sie. »Da bin ich auf jeden Fall.«

»Möchtest du …«

»Musst du mich das fragen?«

»Ich möchte, dass du es mir sagst.«

Er machte die Augen wieder auf und bemerkte ihr ängstliches Gesicht. Noch immer verströmte sie eine fast jungfräuliche Unschuld und Nervosität.

Er rahmte ihr Gesicht mit beiden Händen und erklärte sanft: »Ja, ja, Jordan. Ich möchte, dass du mich berührst.«

Dann griffen seine Lippen ihren Mund an, eroberten ihn mit Raffinesse, seine Hände fielen über ihre Brüste her, schmeichelten ihnen mit Zärtlichkeit, und seine weiche Zunge glitt über ihre Brustwarzen, erst sanft und dann immer fordernder.

Inzwischen waren ihre Körper sich so vertraut, dass er sofort merkte, als Jordan bereit war, ihn tief in sich aufzunehmen, und er drang in dem Bewusstsein, dass er alles Recht der Welt hatte, mit ihr vereint zu sein, kraftvoll in sie ein. Jeder Teil von ihm, jeder Teil des Mannes, der er war, und des Mannes, der er gerne wäre, konzentrierte sich auf den geheimnisvollen Hafen, in dem diese Frau ihm Zuflucht bot. Das Zusammensein mit ihr verlieh ihm einen bisher ungeahnten Reichtum, einen bisher ungeahnten Mut und eine bisher ungeahnte Kraft, und zum ersten Mal in seinem Leben nahm er neben dem rein körperlichen auch den seelischen und geistigen Aspekt der Liebe wahr.

»Das, was ich in der ersten Nacht gesagt habe, habe ich ernst gemeint«, flüsterte er rau.

»Was?«, hauchte sie so atemlos, dass es beinahe nicht zu verstehen war.

»So etwas wie mit dir habe ich noch nie erlebt, Jordan.« In diesem Augenblick erreichte er den Höhepunkt, und da er ihren Namen mehrmals wiederholte, hörte er nicht, als sie leise an seiner Schulter sang: »Oh Reeves, ich liebe dich ich liebe dich ich liebe dich.«

»Jordan? Bist du wach?«

»Ja.«

»Die Sonne ist aufgegangen.«

»Ach ja?«

»Ach ja.« Er drehte seinen Kopf. »Ich sehe einen Lichtschein unter der Tür.« Die Frau an seiner Seite rührte sich noch immer nicht, und so legte er sein Kinn wieder auf ihren Haaren ab. »Und der Wind hat sich gelegt.«

Sie stieß einen abgrundtiefen Seufzer aus, schmiegte sich aber, statt aufzustehen, noch enger an ihn an. »Glaubst du, der Schneesturm ist vorbei?« Sie wollte sich nicht eingestehen, wie bedrohlich diese Frage war.

»Ja.«

Auch er hatte keine Lust, sich zu bewegen. Halbherzig erklärte er: »Wir sollten wirklich aufstehen und uns anziehen.«

»Wahrscheinlich hast du recht.«

»Aber ich habe keine Lust.«

»Ich auch nicht.«

Sie klammerten sich aneinander fest und küssten sich mit verzweifelter Leidenschaft. Ihnen beiden war bewusst, die Idylle war vorbei. Weil jemand auf der Suche nach ihnen war.

Helmut.

Schweigend standen sie auf und zogen sich an. Plötzlich empfanden sie voreinander eine ungewohnte Scheu. Nach Stunden der schamlosen, vollkommenen Nacktheit wagten sie nicht mehr, einander anzusehen. Und wenn sie etwas sagten, war es vollkommen banal, und sie gaben das verlegene Bemühen sofort wieder auf. Denn sie hatten alles, was zu sagen war, bereits gesagt.

Reeves öffnete die Tür und sah hinaus. Die Schneedecke, die den Berg verhüllte, war nicht allzu tief. Der Himmel war noch immer wolkenverhangen, allerdings nicht mehr so drückend wie am Tag zuvor, und die leichte Brise, die noch wehte, war zwar kühl, aber zu schwach, um den Schnee zum Fallen zu bringen, der in den Bäumen hing.

»Ich glaube, wenn wir erst mal wissen, wo wir sind, schaffen wir es auch zurück ins Tal. Wir werden einfach langsam gehen.«

»In Ordnung«, stimmte sie ihm lustlos zu, und während Reeves die Tür des Ofens schloss, damit das Feuer herunterbrannte, ohne dass ein Funke in die Hütte stob, faltete sie die Planen und legte sie an ihren Platz hinter den Werkzeugen zurück.

Reeves zog seine Regenjacke an und zog den Reißverschluss bis unters Kinn. Dann bestand er darauf, dass sich Jordan wieder in die Decke hüllte, obwohl es draußen ohne den heulenden Wind inzwischen deutlich wärmer war. Sie teilten den Rucksack, die Tasche mit der Kamera und den Picknickkorb wie schon am Vortag auf und traten aus dem Schutz der Hütte in den Schnee hinaus.

Jordan blickte sich noch einmal in dem kleinen Zimmer um, vorgeblich, um sich zu vergewissern, dass dort nichts vergessen worden war. In Wahrheit allerdings prägte sie sich jeden Winkel ihres Zufluchtsorts für alle Zeiten ein. Als sie Reeves nach draußen folgte, sah die Landschaft durch die tränenfeuchten Augen, die sie hatte, leicht verschwommen aus, und sie trottete gesenkten Haupts hinter dem Fotografen her.

Langsam, aber mühelos gingen sie den Berg ein Stück hinab, und bereits nach kurzer Zeit sahen sie den Suchtrupp, der offenbar bereits am frühen Morgen aufgebrochen war. Dreißig bis vierzig Männer mit Bergsteigerausrüstung bildeten eine langgezogene horizontale Linie entlang des Bergs.

Reeves blieb stehen und stellte mit einem müden Grinsen fest: »Die Gründlichkeit, mit der sie suchen, zeigt, dass Helmut das Kommando übernommen hat.«

Ohne etwas zu erwidern, hängte sich Jordan die Kameratasche über den anderen Arm und lief erneut hinter ihm her. Was sollte sie Helmut sagen? Würde er sie fragen, wie die Nacht gewesen war? Sähe er es ihr möglicherweise an? Wahrscheinlich bräuchten Reeves und sie einander nur anzublicken, und schon würde allen klar, was zwischen ihnen vorgefallen war.

Doch je näher sie dem Suchtrupp kamen, umso fester presste Reeves die Lippen aufeinander und sein Blick wurde so kalt wie die vereisten Stellen des Wegs, die er während ihres vorsichtigen Abstiegs sorgfältig umrundete.

Ein Gefühl der Angst stieg in ihr auf und schnürte ihr die Kehle zu. In einer verborgenen Ecke ihres Herzens hatte sie gehofft, dass sie ihre Zukunftspläne doch vielleicht miteinander versöhnen könnten, dass ein Kompromiss zwischen ihnen beiden möglich war. Die wunderbare letzte Nacht konnte doch nicht vollkommen bedeutungslos gewesen sein.

»Sie haben uns gesehen«, durchbrach Reeves ihren Gedankengang, stellte den schweren Picknickkorb vor seinen Füßen ab und schwenkte die Arme über seinem Kopf.

Einer der Männer winkte begeistert zurück. Er hatte eine leuchtend rote Skijacke, eine enge schwarze Hose und feste Schuhe an. Helmut. Sie verfolgte, wie er sich zu seinen Leuten umdrehte und die meisten von ihnen entließ. Er ging richtigerweise davon aus, dass mit Reeves und ihr alles in Ordnung war, wenn sie ihm entgegenkamen, und setzte seinen Weg in Gesellschaft nur noch einer kleinen Gruppe Männer fort.

»Lass uns auf sie warten«, schlug Reeves vor.

Jordan setzte seine Tasche und den Rucksack ab, faltete die Decke zu einem dicken Kissen, legte sie auf einen breiten, flachen Stein, und sie nahmen Platz. Ehe der Schnee die Decke durchdrungen hätte, wäre Helmut sicher da.

Die Stille zwischen ihnen wurde immer angespannter, und nach einer Weile drehte Reeves den Kopf, sah sie kurz an, wandte sich aber sofort wieder ab.

»Jordan, wegen letzter Nacht …« Er stieß einen Seufzer aus.

Dies ist der Augenblick der Wahrheit, dachte sie. Jetzt gibt er dir den Laufpass. Mach bloß keine Szene. Bleib vollkommen ruhig. Rauf dir nicht die Haare und fang nicht an zu schreien.

»Ich … ich hatte nie vor, dass so etwas noch mal zwischen uns passiert. Nach der Gewitternacht, als ich erfuhr, dass du verlobt bist, hatte ich mir geschworen, dich in Ruhe zu lassen. Aber dann hast du gesagt, dass du Helmut nicht heiraten würdest … an dem Tag oben auf dem Berg und dann noch einmal gestern Morgen … und dann sind wir hier gestrandet und …«

»Lass uns nicht darüber reden, bitte, Reeves.« Mit größter Willenskraft hielt sie den Tränenstrom zurück.

»Dann weißt du, wie ich die Sache sehe?«, fragte er im Flüsterton.

Ja, sie wusste es. Für sie hatte die letzte Nacht alles endgültig geklärt. Falls sie je daran gezweifelt hatte, ob ihre Entscheidung, Helmut nicht zu heiraten, richtig gewesen war, waren diese Zweifel zwischenzeitlich vollends ausgeräumt. Auch wenn es vollkommen idiotisch war, einen Mann zu lieben, für den außer der nächsten großen Story nichts wirklich von Bedeutung war, liebte sie Reeves Grant. Weshalb es für sie undenkbar war, mit einem anderen den Bund fürs Leben einzugehen.

Wohingegen ihr Zusammensein für Reeves nur ein Zwischenspiel gewesen war. Eine kurze, nette Abwechslung. Er hatte sie als angenehme, attraktive und – sie musste schlucken – willige Partnerin bei diesem Spiel erlebt und hatte wie die meisten Männer reagiert. Etwas anderes als flüchtige Leidenschaft in ihr Zusammensein hineinzuinterpretieren wäre kindisch, sinnlos und verkehrt.

Sie kämpfte gegen ein Schluchzen an. »Ja, ich weiß, wie du die Sache siehst«, antwortete sie erheblich ruhiger, als ihr innerer Aufruhr es gebot.

»Gut«, stellte er erleichtert fest.

Dann kam Helmut auf sie zumarschiert. Trotz seiner Erschöpfung war ihm deutlich anzusehen, dass er erleichtert war.

»Jordan, da du weißt, wie ich die Sache sehe, wirst du sicherlich verstehen, dass ich sofort abreise. Ich fahre noch heute Abend nach Paris.«

Die Worte trafen sie wie ein Stich ins Herz. Dann servierte er sie also jetzt schon ab. Machte einen schnellen, sauberen und endgültigen Schnitt.

Sie gab ihm keine Antwort und sah ihn auch nicht an. Ihre Tränen gingen ihn nichts an. Er sollte nicht erfahren, wie sehr sie litt. Sollte nicht erfahren, dass in diesem Augenblick ein Teil von ihrer Seele starb. Dürfte nie erfahren, was sie für ihn empfand.

Ohne zu zögern, sprang sie auf und stolperte den Berg hinab. »Helmut!«, brüllte sie. Sollte Reeves ruhig denken, auch sie hätte nur ein bisschen Spaß mit ihm gehabt. Sollte er ruhig denken, sie kehrte zu ihrem wohlhabenden Verlobten zurück. Sollte er doch das Schlimmste von ihr denken, Hauptsache, er wüsste nicht, was sie für ihn empfand.

Helmut nahm sie mit ausgestreckten Armen in Empfang, und als sie sich an seine Brust warf, dachte er, ihr liefen Freudentränen über das Gesicht.

»Mein Liebling, mein Liebling«, tröstete er sie, während er mit einer Hand über ihren Rücken strich. »Jetzt ist alles gut. Du bist in Sicherheit. War es so schlimm?«

Ob es schlimm gewesen war? Beinahe hätte sie hysterisch aufgelacht. Es war das Paradies gewesen. Shangri-La. Ein wunderbarer Traum. Ganz bestimmt nicht schlimm.

»Ich … ich bin nur froh, dich wiederzusehen«, antwortete sie, klammerte sich weiter an ihm fest, kniff die Augen zu und blendete dadurch alles andere aus.

Helmut wies einen der Männer an, ihr etwas Warmes zu trinken zu geben, und hielt ihr einen Moment später einen silbernen Becher an den Mund.

»Hier, Schatz, trink erst mal etwas. Davon wird dir wieder warm.«

Jemand hatte so viel Brandy in den dampfenden Kaffee gemischt, dass sie husten musste, als der erste Schluck durch ihre Kehle rann. Worauf Helmut ihr erneut den Rücken rieb. »Langsam, meine Liebe, immer mit der Ruhe. Wir gehen erst, wenn du bereit bist. Für heute ist kein Schnee gemeldet. Es war meine Schuld, dass ich vor unserem Ausflug gestern nicht den Wetterbericht gehört habe. Dann hätte ich diesen ganzen Albtraum verhindern können, denn sie hatten für die höheren Regionen erste Schneefälle vorausgesagt.«

Sie war nur froh, dass Reeves und sie nicht hatten wissen können, dass es schneien würde. Sie traf keine Schuld. Sie waren die Opfer dieses Desasters gewesen, nicht die Verantwortlichen.

»Reeves, Sie sehen trotz Ihres Martyriums noch ziemlich munter aus«, stellte Helmut strahlend fest. Obwohl sie Reeves' im Schnee knirschende Schritte hörte, drehte Jordan sich nicht um. »Bitte gib jemand dem Mann etwas zu trinken«, befahl Helmut seinen Leuten. »Ich bin gespannt darauf zu hören, wie Sie die Nacht überstanden haben.«

Langsam drehte Jordan sich in Helmuts Armen um und sah, dass Reeves einen ähnlichen Becher wie den, den sie selber in den Händen hielt, von einem der Männer entgegennahm. Er nippte an dem heißen Kaffee und dankte Helmut und dem anderen Mann.

»Nachdem wir uns an Ihrem fantastischen Picknick

gütlich getan hatten, wollten wir noch ein bisschen weitergehen. Dann haben wir eine kurze Pause eingelegt und …« Er brach ab, drehte den Kopf, bedachte Jordan, die sich noch immer an Helmut lehnte, mit einem fast feindseligen Blick und fuhr mit kalter Stimme fort: »… dabei sind wir eingeschlafen, und als wir nach einer Weile wieder wach wurden, war es schon zu spät. Denn da schneite es bereits.«

Er erzählte kurz von ihrem anstrengenden Weg den Berg hinab, bis sie auf die Hütte gestoßen waren. »Zum Glück konnten wir dort unterkriechen.«

Wieder sah er Jordan an, und abermals drückte sein Blick Zorn und Verachtung aus. Dann wandte er sich wieder Helmut zu. »Ich kann mit Fug und Recht behaupten, dass der nette Bauer, der die Hütte dort errichtet hat, und Ihr prall gefüllter Picknickkorb unsere Rettung waren.«

Lachend klopfte Helmut dem Fotografen auf die Schulter. »Danke, dass Sie sich um meine Kleine gekümmert haben.«

Jordan zuckte zusammen und riskierte einen kurzen Blick auf Reeves. Ein verächtliches Grinsen verunstaltete sein anziehendes Gesicht. »Das war nicht weiter schwer. Schließlich ist sie nicht besonders wählerisch.« Die verborgene Bedeutung dieser Worte konnte außer ihr niemand verstehen. Trotzdem war es unverschämt, sie derart zu beleidigen. Schließlich hatte sie sich nicht die Kleider vom Leib gerissen und ihn durch die Hütte gehetzt, bis er vor ihr in die Knie gegangen war!

Sie wandte sich wieder Helmut zu und wollte von ihm wissen: »Was ist mit deinem Flugzeug?«

Er streichelte ihr liebevoll die Wange. »Das ist typisch für dich, mein Schatz, dass du dir Gedanken über andere machst, obwohl du selbst in einer Krise steckst. Mein Pilot hat eine Bruchlandung hingelegt, aber er, die Crew und selbst die Fracht sind noch intakt.«

»Das freut mich«, sagte sie.

Er hob ihre Hand an seinen Mund und riss die Augen auf. »Jordan, wo ist dein Ring? Ich hoffe, dass du ihn nicht bei dem Unwetter verloren hast.«

»Nein, er … ich …« Sie blickte hilflos auf Reeves, aber sein Gesicht war völlig ausdruckslos. Nur seine grünen Augen blitzten kalt.

»Er ist in meinem Rucksack«, murmelte sie verschämt.

»Geben Sie mal her.« Helmut zeigte auf den Rucksack, den einer seiner Männer aufgehoben hatte, wühlte kurz darin herum und zog schließlich den Ring aus der kleinen Tasche, in der er versteckt gewesen war.

Dann schob er den kalten Ring auf Jordans tauben Finger und stellte zufrieden fest: »So. Jetzt ist alles wieder, wie es sein soll.«

Doch das war es ganz sicher nicht. Sie hob unglücklich den Kopf, aber dort, wo Reeves zuvor gestanden hatte, war nur noch ein leerer Fleck, und als Helmut sie erneut in seine Arme nahm, sah sie über seine Schulter, dass der Fotograf bereits den Berg hinunterlief.

Da sie wusste, dass sie ihn vielleicht nie wiedersehen würde, flüsterte sie heiser: »Mein Leben. Meine Liebe. Ich werde nie aufhören, dich zu lieben. Nie.«

Helmut hörte diese Worte, aber er verstand sie falsch und zog sie deshalb noch enger an seine Brust.

10

»Danke, dass du vorbeigekommen bist, Helmut.« Jordan schloss die Tür des Ladens, hängte das Geschlossen-Schild ins Fenster und zog obendrein die Jalousien zu.

»Ich war mitten in einer wichtigen Besprechung.« Es war offensichtlich, dass er leicht verärgert war, weil sie darauf bestanden hatte, dass er sofort kam. »Ich gebe zu, ich bin etwas verwirrt. Was kann schon derart wichtig sein, dass ich alles stehen und liegen lassen muss?«

»Tut mir leid, Helmut, aber ich wollte dieses Gespräch nicht noch länger verschieben.« Sie führte ihn in ihre kleine Wohnung, machte Licht, bot ihm einen Sessel an und nahm selber auf dem Sofa Platz.

»Helmut, ich werde dich nicht heiraten.«

So. Jetzt war es heraus. Was gar nicht so schwer gewesen war. Hatte nicht mal weh getan. Warum hatte sie es nicht bereits viel eher gesagt? Er drohte ihr nicht mit Konsequenzen. Beleidigte sie nicht.

Tatsächlich starrte er sie einfach an, als ob sie plötzlich den Verstand verloren hätte oder so.

Nachdem er den ersten Schock verwunden hatte,

beugte er sich etwas vor und sah sie forschend an, als suche er nach einem Zeichen dafür, dass sie wirklich über Nacht verrückt geworden war. »Dir geht es momentan nicht gut, mein Schatz. Du kannst unmöglich meinen, was du da gesagt hast. Du bist einfach durcheinander. Vielleicht …«

»Es geht mir gut, Helmut. Tatsächlich habe ich mich schon seit längerem nicht mehr so gut gefühlt wie jetzt. Ich meine es ernst. Ich werde dich nicht heiraten.«

Der Manager in ihm gewann die Oberhand, und er lehnte sich wieder entspannt zurück, schlug die Beine übereinander und stellte mit ruhiger Stimme fest: »Mir ist bereits aufgefallen, dass du dich verändert hast, seit du während des Schneesturms auf dem Berg gefangen warst. Es war eine stressige Erfahrung. Vielleicht hat sie dich traumatisiert. Weißt du, solche Dinge kommen vor. Aber wenn du dir ein bisschen Zeit lässt, wirst du sicher deinen alten Optimismus wiederfinden und wieder die alte rationale Jordan sein.«

Er war derart selbstbewusst, dass Jordan zärtlich lächelte. Trotzdem schüttelte sie nachdrücklich den Kopf. »Nein, Helmut. Ich hatte bereits lange vorher beschlossen, dich nicht zu heiraten. Daran wird sich auch nichts ändern, wenn ich warte, bis ich wieder ganz die alte bin.«

Er schwieg einen Moment, denn ihr überzeugter Ton und ihre ruhige Miene machten deutlich, dass ihre Entscheidung wirklich unumstößlich war.

»Aber warum, Liebling?«, wollte er schließlich von ihr wissen.

»Ich habe dich wirklich gern, Helmut. Wir hatten eine wunderbare Zeit, und ich werde dir nie genug für deine grenzenlose Großzügigkeit und die vielen Gefälligkeiten danken können, die du mir erwiesen hast.« Sie stand auf, trat hinter die Couch, strich mit den Fingern über die Bordüren der Kissen und fügte hinzu: »Aber ich liebe dich nicht so, wie eine Frau einen Mann lieben sollte, und eine Ehe ohne Liebe wäre keinem von uns beiden gegenüber fair. Wir beide kommen aus zwei grundverschiedenen Welten, und ich wäre in deiner Welt immer ein Fremdkörper.«

»Das zu entscheiden solltest du mir überlassen, Jordan«, widersprach er ihr.

Sie sah ihn lächelnd an. »Ich zweifle nicht an deiner Fähigkeit, geschäftliche Entscheidungen zu treffen, Helmut, aber dies ist eine Entscheidung des Herzens. Des Gefühls. Ich bin keine deiner Angestellten, die du auf eine bestimmte Position in deinem Firmenimperium vorbereiten kannst.«

»Ist das der Eindruck, den ich dir vermittelt habe? Wenn ja, tut es mir leid. Ich hatte nie die Absicht, dir das Gefühl zu geben, dich zu etwas machen zu wollen, was du nicht bist.«

»Das bringt mich zum nächsten Punkt«, erklärte sie. »Vielleicht findest du mich augenblicklich interessant. Weil ich anders als die vielen anderen Frauen bin, mit denen du bisher zusammen warst. Aber wie lange würde der Reiz des Neuen anhalten? Wie lange würde es dauern, bis du meiner überdrüssig wärst?«

»Ich liebe dich, so wie du bist, Jordan.«

»Bis ans Ende deines Lebens?« Diese Frage traf ins Schwarze. Eilig wandte er sich ab, und sie wusste, ihre Worte hatten ihn dazu gebracht, sie in einem völlig neuen Licht zu sehen. »Ich habe bereits eine desaströse Ehe hinter mir. Das hat mir genügt. Und ich würde dich niemals unglücklich machen wollen.«

»Das würdest du nicht tun«, erklärte er ihr vehement.

»Doch, das würde ich, Helmut. Ich wünsche mir ein ruhiges Leben. Mein erster Ehemann hatte mir ein Heim, Kinder, Stabilität und Sicherheit versprochen. Keins dieser Versprechen hat er eingelöst. Und auch wenn deine finanziellen Mittel und Möglichkeiten seine bei weitem übertreffen, wäre ich dein hektisches Leben sicherlich bald leid. Ich bin ein altmodisches amerikanisches Mädchen, das mit den altmodischen Vorstellungen des Mittleren Westens groß geworden ist. Ich habe jede Minute meines Lebens im Ausland geliebt, Helmut, und ich würde diese Erfahrung niemals missen wollen, doch jetzt will ich nach Hause. Bitte verzeih mir, wenn das eine Enttäuschung für dich ist. Aber so ist es das Beste für uns beide. Das verspreche ich dir.«

»Warum hast du meinen Antrag überhaupt erst angenommen, wenn du nicht dachtest, dass er das Beste für uns beide ist?«, fragte er mit einer Spur aristokratischer Arroganz.

»Habe ich ihn jemals angenommen? Ich meine, offiziell?«, fragte sie scherzhaft zurück.

Zum ersten Mal seit Anfang des Gesprächs sah er sie mit einem Lächeln – oder vielleicht eher einem reumütigen Grinsen – an. »Nein, wahrscheinlich nicht. Aber ich bin es einfach gewohnt, meinen Willen zu bekommen.« Und mit gewohnter Selbstgefälligkeit fügte er noch hinzu: »Deshalb ist mir der Gedanke nie gekommen, dass du mich vielleicht nicht heiraten willst.«

»Oh, Helmut, du bist einfach einmalig.« Lachend nahm sie die samtbezogene Schmuckschatulle aus ihrer Rocktasche und ging dorthin, wo er inzwischen neben seinem Sessel stand. »Hier ist dein Ring.«

»Ich nehme nicht an, dass du ihn als Zeichen meiner Wertschätzung behalten willst.« Lächelnd schüttelte Jordan den Kopf. »Ihr Amerikaner seid einfach noch immer unverbesserliche Puritaner«, schalt er zärtlich.

»Ich habe eben einfach die für die Mittelklasse typischen Moralvorstellungen«, verbesserte sie ihn.

»Genau. Und dazu gehören eben auch archaische und idealistische Vorstellungen von der Liebe und der Ehe«, fügte er hinzu.

Dann blickte er auf die Schachtel mit dem Ring, drehte sie in seinen Händen und runzelte nachdenklich die Stirn. »Jordan, diese Entscheidung hat nicht zufällig etwas mit dem amerikanischen Fotografen zu tun?«

»Wie kommst du denn auf die Idee?«, fragte sie ihn

überrascht, blickte allerdings eilig fort, damit er nicht den Schmerz in ihren Augen sah. »Möchtest du vielleicht was trinken?«

Er ging nicht auf die Offerte ein. »Jordan, sieh mich an.«

Zögernd kam sie seiner Bitte nach, und er sah ihr ihren Herzschmerz überdeutlich an. Ihr Gesicht sah aus wie eine starre Maske, und sie hielt sich kerzengerade, als löse sich ihr Körper, wenn sie ihm erlaubte, sich auch nur ein wenig zu entspannen, umgehend in seine Einzelteile auf. Er atmete hörbar aus. »Ahhh, dann ist also *das* der wahre Grund.«

»Nein, Helmut. Er hat nichts damit zu tun.«

Sein skeptischer Blick verriet, dass er ihr nicht glaubte.

»Ich schwöre dir, dass ich ihn nicht noch mal gesehen habe, nachdem wir von dem Berg gerettet worden sind.«

»Aber das hat mit deinen Gefühlen nichts zu tun. Nun, da ich darüber nachdenke, fällt mir wieder ein, dass mir Reeves bei unserem letzten Interview, das auf sein Drängen noch am selben Nachmittag stattgefunden hat, ziemlich erregt erschien. Was ist in der Hütte passiert, in der ihr in der Nacht untergekrochen seid?«

»Nichts.«

»Du lügst, Jordan.«

Ja, sie log. Denn es *war* etwas passiert. Ihr Leben hatte in den Stunden des Zusammenseins mit Reeves begonnen und gleichzeitig geendet. In den letzten beiden Wochen hatte sie ihre Routine wie ein Roboter abgespult und so geduldig und höflich wie möglich auf die unzähligen Fragen ihrer Kundschaft reagiert.

Durch den Schleier, der um ihr Gehirn gelegen war, hatte sie versucht zu überlegen, wie es für sie weitergehen sollte, weil schließlich die Tochter ihres Bosses bald den Laden übernähme, hatte es aber ganz einfach nicht geschafft, weiter zu denken als bis zum jeweils nächsten Tag. Die Gegenwart zu überleben erforderte bereits ihre gesamte Konzentration und Kraft.

Jetzt ließ sie sich wieder auf das Sofa sinken, starrte blind auf ihre Hände, und erst, als sich die Kissen etwas senkten, wurde ihr bewusst, dass auch Helmut Platz genommen hatte, ehe er entschlossen ihre kalten Hände nahm. »Du liebst ihn«, stellte er hellsichtig fest.

Sie nickte unglücklich. Tränen schimmerten in ihren Augen, als sie zu ihm aufsah und erklärte: »Mein Entschluss stand allerdings bereits fest, bevor ich ihm auch nur zum ersten Mal begegnet bin. Das schwöre ich.«

»Ich glaube dir, aber darum geht es nicht, nicht wahr? Weiß er, was du für ihn empfindest?«

»Nein.«

»Manchmal kannst du einen wirklich wütend machen, Jordan. Warum hast du ihm nichts davon gesagt? Erwartest du, dass er irgendwelche Ratespiele mit dir spielt?«

»Nein, Helmut. Doch selbst, wenn er es wüsste,

wäre es egal. Weil er … meine Gefühle … nicht erwidert. Unsere Ziele im Leben sind diametral entgegengesetzt.«

»Das kann ich kaum glauben. Der Mann ist ein Narr, wenn er dich verlassen hat. Ich werde ihn sofort zurückzitieren.«

»Nein!« Sie umklammerte flehend seine Arme. »Versprich mir, dass du nicht versuchen wirst, ihn auf irgendeine Art zu kontaktieren. Ich werde zurück nach Hause fliegen, und dort wird es mir bestimmt bald wieder besser gehen.«

Er sah sie zweifelnd an. »Ich habe nur noch einen Brief von ihm bekommen. Darin stand, dass die Story über mich Anfang nächsten Jahres veröffentlicht werden soll und dass er mich wissen lassen wird, sobald er einen genauen Termin genannt bekommt.«

Sie hasste sich, da sie die Frage stellte, aber sie brach einfach aus ihr heraus. »Wo war der Brief abgestempelt?«

»In Paris.«

Sie seufzte. »Ja, er hat gesagt, er wollte nach Paris.«

»Jordan …«

»Es geht mir gut, Helmut. Wirklich.« Sie sah ihn mit einem tapferen Lächeln an.

Wenig später brachte sie ihn wieder runter in den Laden, öffnete die Tür, und er drehte sich noch einmal zu ihr um, nahm sie zärtlich in den Arm, küsste sie auf die Art der Europäer sanft auf beide Wangen und stellte mit ruhiger Stimme fest: »Meine liebe Jordan. Ich habe die Zeit mit dir genossen. Hier in diesem Raum bin ich dir zum ersten Mal begegnet. Ich werde immer eine gewisse Wehmut verspüren, wenn ich hier vorbeikomme. Bist du sicher, dass du mich nicht doch heiraten willst?«

»Ja, ich bin mir sicher«, wiederholte sie geduldig. »Aber du hast mir eine völlig neue Welt eröffnet, meinen Horizont erweitert und mir viele Dinge beigebracht.«

»Ich bin einfach ein Riesenhornochse«, gab er zurück.

Es war derart untypisch für ihn, sich selber herabzusetzen, dass sie einfach lachen musste, ehe sie fragte: »Warum?«

Er nahm sie ein wenig fester in den Arm. »Ich hätte dich einfach in die Kiste zerren sollen, als ich die Chance dazu hatte, statt Rücksicht darauf zu nehmen, dass es aus deiner Sicht nicht anständig gewesen wäre, vor der Hochzeit mit mir ins Bett zu gehen. Das werde ich mir nie verzeihen.«

»Gerade meine Weigerung, mit dir ins Bett zu gehen, hat dich derart an mir fasziniert«, gab sie leichtherzig zurück. »Früher oder später hättest du deine Versuche aufgegeben und dich aus dem Staub gemacht.«

»Sei dir da nicht so sicher.« Er sah sie aus seinen leuchtend blauen Augen an, räusperte sich und wollte von ihr wissen: »Also, wann reist du ab?«

»Ich weiß noch nicht genau. Bill gibt mir in den nächsten Tagen Bescheid, wann Bauermans Tochter kommt.«

»Darf ich dich vor deiner Abreise noch einmal sehen?«

Sie sah ihn mit einem traurigen Lächeln an. »Ich glaube nicht, Helmut. Es ist sicher besser für uns beide, wenn wir heute einen Schlussstrich ziehen.«

»Du bist einfach unglaublich pragmatisch. Trotzdem ist deine Vernunft einer deiner großen Vorzüge.«

Wieder lachte sie. »Das ist kein echtes Kompliment. Wo sind all die poetischen Bemerkungen, mit denen du mich bisher immer überschüttet hast?«

Auch er lachte kurz auf, wurde aber sofort wieder ernst. »Versteh mich nicht falsch. Dein nüchterner Verstand hat deine Attraktivität nicht im Mindesten geschmälert.« Damit zog er sie ein letztes Mal an seine Brust und flüsterte ihr ins Ohr: »Aber lass dein Leben nicht immer von deiner Vernunft bestimmen. Einige der besten Resultate meiner unternehmerischen Laufbahn habe ich durch Zockerei erreicht.«

Er küsste sie noch einmal auf den Mund, und dann war er fort.

»Verdammt«, murmelte Jordan, als sie die Treppe wieder hinunterging. Sie hatte den Laden eben erst geschlossen und das Licht gelöscht, und jetzt klopfte ein letzter Kunde rüde an die Tür.

Sie war hundemüde. In der letzten Woche hatte sie versucht, den Laden in einen tadellosen Zustand zu versetzen, bevor Bill und die Bauermans erschienen, und abends, nach Geschäftsschluss, hatte sie ihre persönliche Habe in Transportkisten verpackt.

Heute hatte sie besonders viel zu tun gehabt. Eine Seniorenreisegruppe aus Detroit hatte ihre ganze Aufmerksamkeit verlangt, und als die Leute wieder abgezogen waren, hatte sie die Regale neu bestücken müssen, denn die Truppe hatte ihr praktisch den Laden leergekauft.

Und jetzt ignorierte jemand einfach das Geschlossen-Schild. Müde schloss sie auf und öffnete genervt die Tür. »Ich habe ge…« Dann dehnten sich die blauen Ringe um das Grau in ihren Augen plötzlich aus, und sie brachte keine Silbe mehr heraus.

Vor ihr auf der Schwelle stand Reeves Grant.

Er lehnte lässig an der Wand und blickte auf die dichte Wolkendecke, aus der bereits der erste Regen fiel.

»Anscheinend kann ich hier nicht auftauchen, ohne dass es eine Sintflut gibt«, stellte er fest und schob sich an ihr vorbei. Sie war derart verblüfft, ihn wieder in Luzern zu sehen, dass sie gar nicht erst versuchte, ihn daran zu hindern, ihr Geschäft zu betreten. Stattdessen stand sie mit halb offenem Mund und nutzlos baumelnden Armen da.

»W-was machst du hier?«

»Ich bin gekommen, um dir beim Packen zu helfen.« Er ließ Kamera- und Reisetasche auf den Boden fallen und zog seine Lammfelljacke aus. »Hast du was zu essen da? Ich habe einen Riesenhunger.«

Ohne ein weiteres Wort drehte er sich um, eine Sekunde später hörte sie seine schweren Schritte auf der Treppe, und noch immer völlig verwirrt lief sie ihm hinterher. Als sie oben ankam, stand er bereits in der Küche und inspizierte ihre Vorräte.

»Erdnussbutter? Ist das alles?«, fragte er enttäuscht. »Dann müssen wir wohl auswärts essen gehen.«

»Reeves?« Sie ballte erbost die Fäuste. »Was machst du hier?«

Er bedachte sie mit einem mitfühlenden Blick. »Du wiederholst dich, Jordan. Das hast du mich schon mal gefragt.«

»Und du hast mir nicht geantwortet.«

»Doch, das habe ich. Ich habe dir erklärt, dass ich dir beim Packen helfen will. Schließlich fliegst du in ein paar Tagen nach Amerika zurück, oder etwa nicht?«

Die Lässigkeit, mit der er eine Scheibe trockenes Brot mit Erdnussbutter bestrich, erstaunte sie. Was erwartete der Kerl von ihr? Sie hatte keine Ahnung, was er von ihr wollte, doch das Spielchen, das er mit ihr spielte, machte sie immer wütender.

Deshalb riss sie ihm das Sandwich aus der Hand, ehe er auch nur den ersten Bissen davon nehmen konnte, und warf es achtlos auf den Tisch. »Reeves, ich weiß nicht, was du hier machst, aber ich will nichts damit zu tun haben. Wie kannst du es wagen, einfach hier hereinspaziert zu kommen, als wäre das vollkommen normal?«

Sie wurde immer wütender, aber er knurrte bloß: »Du hast mein Essen ruiniert«, zeigte auf das Brot, das mit der Erdnussbutter-Seite zuunterst auf dem Tisch gelandet war, und wollte von ihr wissen: »Wirst du nach unserer Hochzeit etwa immer derart reizbar sein?«

Hochzeit!

Das Wort prallte von den Wänden der winzigen Küche ab und bohrte sich in ihr Gehirn. Er hatte sie völlig überrumpelt. Ihre Beine gaben nach, und so ließ sie sich schwach gegen die Arbeitsplatte sinken und starrte ihn ungläubig an. Er nahm das aufgeweichte Brot vom Tisch, sah es sich von allen Seiten an, kam zu dem Ergebnis, dass es doch noch essbar war, klappte es zusammen und biss herzhaft hinein.

»Du bist total verrückt«, stieß sie krächzend aus. »Was meinst du mit ›nach unserer Hochzeit‹?«

»Du weißt schon«, murmelte er mit vollem Mund. »›Liebe Gemeinde, wir sind heute hier versammelt‹, und so weiter und so fort. Blumen. Kerzen. Schluchzende Mütter. Eben alles, was bei einer Hochzeit üblich ist.«

»Aber …«

»Du bist nicht mehr mit Helmut verlobt, oder?«

Sie konnte nur den Kopf schütteln, denn sie war noch immer wie betäubt.

»Das habe ich auch nicht gedacht. Gestern bin ich die Champs-Élysées runterspaziert und dabei fast in einen Kiosk gestolpert. Weißt du, ich habe in den letzten Wochen ziemlich viel getrunken und deshalb ein bisschen geschwankt«, führte er vertraulich aus. »Aber wie dem auch sei, Helmuts Bild hat auf der Titelseite dieses Skandalblattes geprangt. Er hatte den Arm um eine italienische Gräfin gelegt, deren Konten fast so prall wie ihre Brüste sind. Ich habe ein paar Francs investiert und mir das Blatt gekauft. Nach fünf Tassen brühheißen schwarzen Kaffees und einer eiskalten Dusche, als ich wusste, dass ich wieder nüchtern war, habe ich den Artikel gelesen. Unter anderem stand dort, dass Helmut und die Gräfin *das* Thema des europäischen Jetsets sind. Deshalb dachte ich, dass du endlich wieder frei bist und mich heiraten kannst. Allerdings sollten wir damit lieber warten, bis wir wieder in den Staaten sind. Ich weiß, dass deine Eltern genau wie meine Mum …«

»Reeves!«, schrie sie ihn an, und als er endlich verstummte, erklärte sie in ruhigem Ton: »Du kannst nicht einfach hier auftauchen und mir erklären, dass wir beide heiraten.«

»Und warum, bitte, nicht? Schließlich lieben wir uns.« Dann schlug er sich vor den Kopf. »Natürlich. Du möchtest, dass ich dir einen Antrag mache. Also gut.« Er zuckte mit den Schultern und fragte in gleichmütigem Ton: »Willst du mich heiraten, Jordan? Ich bin ziemlich unkompliziert, habe noch alle Zähne, bei mir steht keine Wurzelbehandlung an, ich bin körperlich in Form und auch geistig noch ziemlich rege, habe zweimal mit dem Rauchen aufgehört und trinke, abgesehen von den letzten Wochen, nur in Maßen. Ich dusche mindestens einmal am Tag, bin ziemlich charmant, unglaublich attraktiv und …«

»Vor allem bescheiden.«

Er nickte zustimmend. »Vor allem bescheiden, ja.«

In diesem Augenblick war es um sie geschehen. Sie fing an zu lachen, und mit einem großen Schritt war er bei ihr, nahm sie in den Arm, zog sie an seine Brust, legte ihren Kopf zurück und sah ihr ängstlich ins Gesicht.

»Heißt das ja?«, wollte er von ihr wissen.

Sie dachte nicht mehr an ihre unglückliche erste Ehe. Dachte nicht mehr an ihren Wunsch nach Unabhängigkeit. Dachte einzig und allein daran, dass Reeves zu ihr zurückgekommen war. Und nach all den unglücklichen Wochen ihrer Trennung ließe sie ihn ganz bestimmt nicht noch mal gehen. »Wie könnte ich einen derart romantischen Antrag wohl ablehnen?«

»Das kannst du nicht. Das lasse ich nämlich nicht zu.« Er verschlang sie mit den Augen, ließ den Blick aus seinen leuchtend grünen Augen auf ihren Zügen ruhen. »Ich bin durch die Hölle gegangen, Jordan. An dem Abend, an dem ich während des Gewitters hier vor deiner Tür gelandet bin, hatte ich das Gefühl, ein Blitz hätte mich getroffen. Und zwar, als ich dich sah. Ich hätte nie gedacht, dass ich mich je wirklich verlieben würde, aber als es dann plötzlich so war, hat es mich total fertiggemacht. Ich brauche dich.« Seine Lippen schwebten einen Millimeter über ihrem Mund. »Gott, du hast mir unglaublich gefehlt.«

Dann küsste er sie voller Leidenschaft, und die Berührung ihrer Zungen rief dieselbe seltsame Vertrautheit wach, von der bereits ihr allererster Kuss begleitet worden war. Die zärtliche Eroberung machte sie völlig hilflos, weshalb sie sich der Herrschaft seines Mundes einfach unterwarf. Das Verlangen, das sie in den letzten Wochen hatte unterdrücken müssen, flackerte sofort wieder in seiner alten Stärke auf.

Sie erwiderte seine Liebkosung mit derselben Leidenschaft und schmiegte sich noch enger an ihn an. Wieder griffen ihre Körper wie zwei Teile eines Puzzles ineinander, und nachdem er nach mehreren Minuten inbrünstigen Küssens seine Lippen von ihr gelöst hatte, umfasste er zärtlich ihr Gesicht und sah sie fragend an. »Jordan, warum bist du zu Helmut gelaufen, als er uns auf dem Berg entgegenkam?« Dadurch, dass er leise sprach, wurden die Bedeutung dieser Frage und sein dringendes Bedürfnis, eine Antwort darauf zu bekommen, noch betont.

»Ich konnte dich einfach nicht sehen lassen, wie sehr ich dich liebe, Reeves. Du hattest mir gerade erklärt, dass du abreisen würdest, nach Paris. Ich dachte, du wolltest einen glatten Schnitt machen und mir deutlich zu verstehen geben, dass das, was zwischen uns passiert war, ohne Bedeutung für dich war!«

»Aber als ich von dir wissen wollte, ob du weißt, wie ich die Sache sehe, hast du ja gesagt.«

»Ich dachte, ich wäre für dich ein amüsanter Zeitvertreib gewesen und jetzt wolltest du weiterziehen.«

»Du dumme Gans«, schalt er. »Falls du dich erinnerst, war das weder die rechte Zeit noch der rechte Ort, um dir zu sagen, dass ich für immer mit dir zusammen sein will. Ich hatte geschäftlich in Paris zu tun, aber dann hätte ich sofort zu dir zurückkommen wollen und dachte, dass du das verstehst. Stattdessen bist du plötzlich auf Helmut zugestürzt und hast dir den verdammten Diamantring wieder an den Finger stecken lassen, den ich derart gehasst habe.«

»Oh Reeves. Drück dich nächstes Mal bitte ein bisschen klarer aus.«

»Ein nächstes Mal wird es nicht geben. Du musst mich so schnell wie möglich heiraten, Jordan«, erklärte er ihr nachdrücklich, während er die Hände unter ihre Hüften schob und sie wieder an sich zog.

»Warum? Bist du etwa schwanger?«

Er griff nach ihrem Haar, riss spielerisch ihren Kopf zurück und warnte sie: »Nein, aber ich werde mir alle Mühe geben, dich zu schwängern, falls das eine Garantie für unsere Hochzeit ist. Wenn ich ehrlich bin, gefällt mir diese Vorstellung sehr gut. Denk an all die Bilder, die ich dann von dir und unseren Babys machen kann.«

»Babys?«

»Ja. Du weißt schon – diese kleinen menschlichen Wesen, die ständig zappeln und schreien.«

»Ich bin eindeutig zu alt, um noch Babys zu bekommen«, widersprach sie ihm.

»Nicht, wenn wir sofort damit anfangen«, erklärte er und zerrte sie ins Schlafzimmer.

»Hast du irgendwelche Bedenken, mich zu heiraten?« Er knabberte sanft an der sensiblen Haut an der Unterseite ihres Arms.

Ihre Kleider lagen wild verstreut auf den halb gepackten Kisten, und sie kuschelten unter der Decke des Bettes, in dem Reeves schon mal gelandet war.

Draußen regnete es.

»Sogar jede Menge«, murmelte sie an seinen Rippen, während sie die Spitzen ihrer Finger über seinen Schenkel gleiten ließ. »Aber ein weiser Mann hat mir einmal gesagt, dass ich mich nicht bei allen Entscheidungen auf meine Vernunft verlassen soll. Manchmal muss man einfach etwas wagen. Und ich glaube, dass das Risiko, dich zu heiraten, noch halbwegs überschaubar ist.«

Er legte einen Finger unter ihr Kinn und hob ihren Kopf ein wenig an. »Könnte es zufällig sein, dass dieser weise Mann ein gewisser Helmut Eckherdt war?«

»Zufällig ja.«

»Tja, verdammt. Hätte ich mir denken sollen, dass er selbst in diesem Fall das Kommando übernommen hat.«

»Du meinst …«

»Ja, auch ich habe von ihm gehört. Während ich gestern Abend in aller Eile meine Koffer packte, bekam ich einen Anruf von ihm in meinem Hotelzimmer. Er gab mir deutlich zu verstehen, dass ich besser meinen Hintern schwingen und einer bestimmten jungen Dame einen Antrag machen soll, bevor es jemand anderes tut, der klüger ist als ich. Als ich ihm erklärte, dass genau das meine Absicht wäre, meinte er nur: ›braver Junge‹, und legte einfach auf.«

Sie lachten beide leise auf. »Er hat die Dinge schon immer gerne in die Hand genommen.«

»Das tue ich auch«, antwortete Reeves. Dieses Mal waren die ›Dinge‹ ihre vollen Brüste, und sie ließ sich wieder rücklings in die Kissen fallen, damit auch sein Mund freien Zugang bekam. Sofort neigte er den Kopf, küsste die Vertiefung zwischen ihrem Busen und erklärte streng: »Du lenkst mich ab.«

Sie reckte sich ihm instinktiv entgegen und spürte sein hartes, heißes Glied an ihrem Bauch. »Wovon?«, wollte sie wissen, suchte ihn mit ihrer Hand und schob ihn noch näher an sich heran.

»Davon, dass ich dir von meinem neuen Job erzählen wollte«, stieß er etwas mühsam aus. »Aber das ist im Augenblick egal.«

Sofort ließ sie ihn los, schob ihn von sich fort, und er blinzelte verwirrt. »Kannst du nicht weitermachen, was du eben angefangen hast, und mir gleichzeitig zuhören?«

»Nein. Weil du, wenn ich weitermache, nämlich nicht mehr reden kannst.«

»Zumindest nicht in ganzen Sätzen, das ist wahr. Verdammt. Also, dann mache ich am besten schnell.« Er legte seinen Kopf auf ihrem Busen ab. »Ein New Yorker Verlag will schon seit Jahren, dass ich ein Buch zusammenstelle, eine Art bildlichen Essays über das letzte Jahrzehnt. Ich war in Paris, um mich mit ein paar hohen Tieren des Verlags zu treffen, die gerade wegen einer Messe dort waren. Aber wie dem auch sei, um es möglichst kurz zu machen – weil es augenblicklich *Wichtigeres* gibt: Die Sache ist unter Dach und Fach. Wie klingt das für dich?«

»Reeves«, rief sie begeistert und entzog ihm das bequeme Kissen, denn sie richtete sich eilig auf. »Das klingt einfach super. Bist du aufgeregt?«

»Ja«, gab er etwas verlegen zu. »Es bedeutet sehr viel Geld, aber gleichzeitig bin ich gezwungen, mich damit auseinanderzusetzen, wie es mir angesichts der Dinge geht, die ich in diesen Jahren gesehen, gehört, erlebt habe. Ein paar dieser Erfahrungen waren für mich von unschätzbarem Wert, und ich denke, ich sollte sie mit anderen teilen. Glaubst du, zwei Schriftsteller in einer Familie sind absurd?«

Sie fuhr zärtlich mit der Hand durch sein zerzaustes Haar. »Ich glaube, mit dir zusammen komme ich mit allem klar. Und dass du ein Buch schreibst, finde ich einfach genial. Ich werde dir dabei helfen, so gut ich kann.«

»Gut, weil nämlich meine Rechtschreibung einfach erbärmlich ist. Und nun, da das geklärt ist …« Er legte ihr die Hände auf die Schultern und versuchte, sie zurück aufs Bett zu drücken, doch sie gab nicht nach.

»Ich bin noch nicht fertig. Wo werden wir leben?«

Er murmelte einen leisen Fluch. »Das steht noch nicht fest. Hättest du etwas gegen die Gegend um Washington D.C. herum? In Virginia gibt es ein paar wirklich schöne Flecken.« Dann fügte er fast beiläufig hinzu: »Wir haben eine extrem fotogene Präsidentenfamilie. Und übernächstes Jahr stehen wieder Wahlen an.«

Sie runzelte besorgt die Stirn, und die blauen Ringe ihrer Augen verdunkelten sich. »Reeves, dir werden all die Reisen und die Aufregung doch wohl nicht fehlen, oder?«

Er zog sie an seine Brust. »Nein. Mit meiner Erfahrung und meinen Referenzen bekäme ich immer einen Job, aber das Um-die-Welt-Reisen überlasse ich ab jetzt den jüngeren Kollegen. Ich weiß, wie wichtig dir Stabilität und ein Zuhause sind. Und das möchte ich auch. Ich habe es ernst gemeint, als ich gesagt habe, dass ich in Zukunft Aufnahmen von dir und unseren Babys machen will.«

Er zog sie mit sich in die Kissen, und jetzt widersetzte sie sich nicht. »Und ich habe es ernst gemeint, als ich gesagt habe, für Babys wäre ich zu alt.«

»Unsinn. Sieh doch nur, wie fit du bist.« Sein Blick analysierte ihren Körper mit lasziver Freude. »Und vor allem wunderschön.« Seine Lippen folgten seinen Augen. »Ich muss unbedingt mal alle deine erogenen Zonen zählen. Dafür werde ich ohne Zweifel Stunden brauchen. Herrliche Stunden«, fügte er hinzu.

Ihre Brustwarzen wurden hart und reagierten auf eine Art auf seine Küsse, die für seine Lippen ganz bestimmt keine Enttäuschung war. »Würdest du etwa einem Baby die Freude verwehren wollen, an diesen Brüsten zu saugen?«, fragte er, strich mit seiner Zunge über ihre Nippel, bis sie sich schmerzlich nach einer Verstärkung der Liebkosung sehnten, und stillte ihr Verlangen, indem er sanft mit seinem Mund an den harten Knospen zog. Unter dieser warmen Ölung stöhnte sie vor Wonne auf.

Dann beteten auch seine Hände ihren Körper an, glitten vorsichtig in das verborgene Reich, in das die Essenz ihrer Weiblichkeit gebettet war, und stellten fest, dass sie mehr als bereit für die Berührung war. Als er seinen Mund den Händen folgen ließ und ihren Venushügel küsste, entfuhr ihr vor lauter Liebe und vor Freude darüber, ebenso geliebt zu werden, ein glückseliger Schrei.

»Ich liebe dich, Jordan«, versprach er ihr denn auch, schob sich an ihr herauf, und nachdem sie seine muskulösen Beine zwischen ihren Schenkel genommen hatte, drang er in sie ein.

»Habe ich dich davon überzeugt, dass du die perfekte Mutter wärst?«

»Überzeug mich noch ein bisschen mehr.«

Er streichelte sie innerlich und äußerlich, und als sie auf den verführerischen Rhythmus seines Körpers einging, schob er eine seiner Hände zwischen ihre Körper und suchte erneut nach ihrer Brust. »Du hast so viel Liebe zu geben, Jordan. Also sei bitte großzügig und gib sie unserem Kind.« Er gab ihren Busen wieder frei und massierte ihn mit seiner eigenen behaarten Brust.

»Reeves, du weißt, dass ich dich liebe. Mach mich zu deiner Frau.«

»Das bist du. Und zwar für alle Zeit.«

Sie umklammerte ihn fester, und ein Schauder rann durch seinen Körper. »Oh Jordan, ich werde nie genug von dir bekommen«, stöhnte er.

In diesem Augenblick schickte ihre Leidenschaft sie

auf einen Flug ins Universum, aber er war bei ihr, hielt sie fest, machte sich mit ihr auf die Reise, und als sie das Feuer seiner Lenden spürte, wusste sie, er hatte recht.

Eine solche Liebe hatte einen Erben eindeutig verdient.

Er hat ihr Herz schon einmal gebrochen. Aber gegen ihre Gefühle ist sie machtlos …

224 Seiten. ISBN 978-3-7341-0693-4

Die Architektin Camille Jameson hat nur eine einzige wunderbare Nacht mit dem leidenschaftlichen Fremden verbracht. Doch für sie war es so viel mehr. Dann war er weg, und ihr Herz brach. Jahre später fährt Camille nach Mississippi, um eine alte Plantage zu restaurieren. Dort trifft sie ausgerechnet auf Zack Prescott, den Fremden von einst. Und diesmal verspricht er ihr ewige Liebe! Doch kann Camille seinen Worten noch einmal vertrauen?